pages

2nd COLLECTION

KB003373

pages

2nd COLLECTION

나를 채운 어떤 것

김종완

김열음

윤태원

박지용

황유미

김후란

원재희

주예슬

이학준

오종길

너무 많이 먹으면 체하기 마련입니다.

'pages' 는 여러사람의 'page' 가 모여 완성된 책입니다.
매 권 특별한 주제(혹은 문장)와 장르 안에서
다양한 글을 엮어 만들어냅니다.

두 번째 pages는 '요리(음식)' 라는 소재와
'나를 채운 어떤 것'이라는 하나의 문장을
수필이라는 장르를 빌어 풀어냅니다.

목차

김열음, 김종완, 김후란, 박지용, 오종길,
원재희, 윤태원, 이학준, 주예슬, 황유미

10명의 작가가 10가지가 넘는 요리에 대해
각자 자기만의 방식으로 이야기합니다.

누군가와 함께한 시간과 기억, 빈자리에서 오는 상실감,
아직도 그 자리를 차지하고 있는 것들에 대한
이야기가 있습니다.

음식 하나하나에 생각을 담기도 하고
아주 어린 날의 추억을 담기도 합니다.

때로는 그런 글을 쓰는 내 모습에 대해서도
이야기합니다.

kim jong wan.

닭 요리

닭갈비
닭꼬치
닭튀김(가라아게)

김종완

글을 쓰고 책을 만들며 내면을 여행 중.

instagram @kimjongwankimjongwan

스무 살이었을 때 닭갈빗집에서 아르바이트를 했었다. 생각보다 꽤 오래 했었는데 그럴 수 있었던 건 순전히 식사로 주는 닭갈비가 맛있었기 때문이었다.

닭꼬치는 공무원 시험 준비를 하며 지낼 때 자주 먹었다. 그때의 나는 혼자 보내는 시간이 대부분이었고 두 가지를 좋아했다. 산책, 닭꼬치. 닭꼬치는 늘 양념 없이 소금구이로만 먹었다.

지금껏 음식점에서 먹었던 음식 중 가장 짰던 음식은 어느 가을 교토에서 먹었던 닭튀김(가라아게)이다. 가을이 깊어가고 있었고, 우연히 들어간 라멘집 닭튀김은 염전을 튀겨놓은 듯 짰다.

닭갈비

"입구에 붙여진 거 보고 왔는데요."

나는 하릴없이 혼자 시내를 돌아다니는 중이었다. 닭갈빗집 입구에 붙여놓은 '아르바이트 구함' 쪽지를 보고 시급은 얼마고, 주말에만 해도 되는지, 등등 문의만 해볼 생각으로 한번 들어가봤는데 "오늘부터 일할 수 있어요?"라고 물어서 얼떨결에 "네? 네." 대답해버렸다. 시급이 얼마인지도 모르고, 가능하면 주말에만 일할 생각이었는데. 그날은 수요일인가 목요일인가 그랬고 나는 그 즉시 간단한 교육을 받고 그날 저녁 장사부터 현장에 투입되었다. 그리고 저녁 식사로 닭갈비를 주길래 먹었다. 내가 기억하기로, 나는 그때 닭갈비를 처음 먹어본 것이었다. 그 전까지 먹어본 닭 요리는 치킨, 삼계탕, 닭백숙, 닭볶음탕 등등. 그날로 거기에 닭갈비가 추가되었고 닭갈비는 닭 요리 중 가장 좋아하는 음식이 되었다. 어쩌면 정신없이 일하고 난 후라서 실제보다 훨씬 맛있었는지도 모른다. 모든 음식이 그렇듯 어떤 상황에서 어떤 기분으로 먹느냐가 음식의 맛을 좌우할 테니까. 안 좋은 상황에서 안 좋은 기분으로 닭갈비를 처음 먹어봤다면 나는 어쩌면 닭갈비를 매우 싫어했을지도 모를 일이다.

아무튼 그날은 내게 이상한 날이었다. '아르바이트 구함' 쪽지를 보고 들어가자마자 채용이 되어 그날 바로 일을 한 것도 이상한데, 정신없게 일을 한 뒤 처음 먹어본 닭갈비가 너무나 맛있는 것도 이상했다. 성격이 소심한 편이라 처음 만나는 사람들과 밥 먹는 게 불편했는데 그날은 그렇지 않았다. 닭갈비가 맛있어서였을까?

그 뒤로도 종종 식사로 닭갈비가 나왔다. 보통은 그냥 반찬에 먹었고, 찜닭을 줄 때도 있었는데 나는 역시 닭갈비가 제일 좋았다. 닭갈비와 살얼음 동동 떠다니는 오이냉국은 정말 잘 어울렸다. 쌈장을 찍어서 상추쌈으로도 먹고 고구마 사리를 넣어 '단짠'으로 같이 먹기도 하고 김가루를 뿌려 밥을 볶아 먹기도 했다. 아무튼 그렇게 맛있게 닭갈비를 먹고 퇴근을 하면 왠지 모르게 마음이 가득 채워지는 것 같은 기분이 드는 것이다. 고민도 걱정도 많아 잠 못 이루던 스무 살이었는데, 닭갈빗집에서 정신없이 일을 하고 닭갈비를 먹으면 그날만큼은 고민도 걱정도 모르고 마음 편히 잘 잤던 것 같다.

그때를 떠올려보면 달궈진 철판 위에서 치익 치익 소리를 내며 익어가는 닭갈비 고추장 양념 냄새가 난다. 나는 가끔씩 그때를 떠올리며 기억 속에서 그 냄새를 다시 맡아보곤 한다. 이제 그 닭갈빗집은 없지만, 내 스무 살도 아련해졌지만, 요즘에도 힘들게 일을 하고 나면 으레 닭갈비를 먹곤 한다. 그러면 마음이 편해진다.

닭꼬치

대학을 졸업하고는 꽤 오랫동안 공무원 시험 준비를 했었다. 꽤 오랫동안, 이라는 말은 사람마다 다르게 받아들이겠지만 아무튼 내게는 무척 긴 시간이었다. 일상이 다 그렇겠지만, 그야말로 그때는 일상이 똑같이(똑같다고 말할 수 있을 정도로) 계속, 반복되고 있었다. 사건이라 부를 만한 일은 하나도 일어나지 않았고, 아침에 일어나 독서실에 가고 노트북으로 강의를 듣고 고시식당에 가서 식판에 밥과 반찬을 담아 먹고 독서실 자판기 커피를 뽑아 마시고 다시 자리에 앉아 책을 들여다보고……(말줄임표는 되도록 쓰지 않고 싶지만).

이런 생활에서 나의 가장 큰 즐거움은 ~~하루하루 문제 풀이 실력이 향상되는 것이었다~~ 해 질 무렵 어슬렁어슬렁 운동을 핑계 삼아 여기저기 산책을 하는 것이었고,

그 산책 코스의 마지막엔 늘 '닭꼬치 가게'가 있었다. 숯불에 닭꼬치를 구워주는 작은 가게였는데 나는 늘 소금구이를 먹었다. 아무런 양념도 하지 않고 그저 소금으로만 적당히 간을 해 앞뒤로 신경 써서 구워주는 닭꼬치 소금구이. 가격은 1500원. 기다리는 동안 앞뒤로 뒤집어가며 닭갈비를 구워주는 걸 보고 있으면 누군가가 나를 위해 신경 써준다는 기분이 들어서 좋았다. 그리고 숯불에 구워 불맛이 은은하게 나는 것도. 그것을 한 조각씩 입에 넣고 천천히 음미하면 어쩐지 숯불구잇집에서 제대로 고기를 구워 먹고 오는 것 같아(라고 최면을 걸어) 잠시나마 기분을 낼 수 있었다.

생각해보면 나는 늘 닭꼬치를 소금구이로 먹는다. 특별한 이유가 있나 생각해보면 특별한 이유는 없는 것 같다. 굳이 말하자면 숯불의 향과 닭고기 본연의 맛을 온전히 느끼고 싶어서? 그렇지만 그게 전부는 아닌 것 같다. 어쩌면 번거로운 걸 싫어하는 내 성격 탓인지도 모르겠다. 닭꼬치에 양념이 되어 있으면 먹다가 양념이 입에 묻고, 잘못하면 옷에 묻을 수도 있고, 자칫하다간 어제 세탁한 흰 운동화에 떨어질 수도 있으니 말이다(사실 음식을 잘 흘리는 타입입니다).

그땐 특별한 일이 없으면 매일 혼자 시간을 보냈다. 공부를 하고, 공부를 하지 않을 땐 산책을 했다. 그 두 가지가 내가 하는 일의 전부였다. 지금 생각해보면 수험을 준비한 것이 아니라 수행 비슷한 걸 한 게 아닐까 싶다. 아무튼 매우 단순한 생활이었는데, 사실 머릿속은 꽤나 복잡하고 바빴다. 미래에 대한 걱정을 하고, 그 걱정을 달래느라. 걱정을 하는 것도 나였고, 걱정을 하는 나를 달래는 것도 나여서 피곤이 쌓여갔다. 그래도 산책을 하면 복잡하고 바쁜 머릿속이 조금은 한가해지고 가벼워지는 것 같았다. 그리고 산책 후에 숯불 향이 잘 밴 소금구이 닭꼬치를 먹으면 잠시나마 기분이 좋아졌다. 사람은 기분이 전부인데, 기분 좋을 일이 거의 없는 생활 속에서 단돈 1500원에 기분이 좋아질 수 있으니 닭꼬치는 그때의 내게 정말로 중요한 것이었다.

　　아무튼 결과적으로 얘기하자면 공무원 시험엔 떨어졌다. 매번 그렇게 되어서, 지금은 전혀 다른 일을 하고 있다. 그래서인지 닭꼬치를 먹어도 이젠 그렇게 맛있지 않고 별로 기분이 좋아지지도 않는다.

닭튀김(가라아게)

윤과 함께 교토에 갔었다. 깊어가는 가을이었다. 거기서 먹은 가라아게의 맛은 매우 기억에 남고 또 무척이나 간단히 말할 수 있는 것이었다. 정말로 짰다, 라고. 교토가 가을이었던 것도 잊을 만큼. 다른 맛이나 식감 같은 건 느낄 새도 없이, 느낄 수도 없이, 그저 짜기만 했다. 교토 여행을 떠올려보면, '정말로 짠 가라아게 그리고 기타 등등' 이렇게 정리할 수 있다.

오후 2시 무렵의 기차역은 평온했고, 교토 이치조지의 서점 케이분샤는 단정하고 고즈넉했다. 조그만 동네 카페에 들어가 윤과 함께 마신 적당한 온도의 커피는 달콤한 케이크와 잘 어울려 좋았다. 손을 잡고 골목을 걷는 어느 연인들의 뒷모습은 사랑스러웠고, 울긋불긋 바스락 낙엽을 밟으며 윤과 나도 느긋하게 산책을 하였고,

그러다 들른 털실 가게는 편안하면서도 흥미로웠다. 그리고 늦은 점심을 먹으러 들어간 라멘집 가라아게는 정말로 짰다. 윤은 한 입 먹어보고는 깜짝 놀라 고개를 흔들었다. 나는 좀 짜게 먹는 편인데도, 그것을 먹어보고는 이내 궁금증이 생겼다. 고개를 돌려 다른 테이블에 앉아 음식을 먹고 있는 사람들을 살펴보기도 했다. 원래 이 동네 사람들은 이렇게 짜게 먹는 것일까? 아니면 주방장의 실수? 우리 미각의 문제? 아니면 일부러 그런 걸까?

원래 가려던 라멘집이 공교롭게도 휴무일이어서 삼사 분 거리에 있는 다른 라멘집에 우연히 들어간 것이었는데, 라멘도 짜고 가라아게도 짰다. 그래도 라멘은 그럭저럭 짰다. 그렇지만 가라아게는 염전을 튀겨 만든 것처럼 짰다. 입 안 가득 바닷물을 머금은 것처럼. 쓰다 보니 표현이 과해지는 것 같긴 하지만, 아무튼 짜서, 짰다고 말하는 중이다. 그래도 그땐 종일 돌아다녀서 배가 고프기도 했고 왠지 남기는 것도 예의가 아닌 것 같아 웬만큼 먹긴 먹었는데, 두대체 왜 그렇게 짰던 걸까? 나는 기분이 나쁘지도 않았고 화가 났던 것도 아니다. 다만 왜 그렇게 짰는지, 궁금했을 뿐이다. 글을 쓰는 지금도 아리송하다.

그때 이야기를 하면 윤은 고개를 흔들며 말한다.
"정말로 짰어."
그리고 이어서 내가 말한다.
"짰지. 정말 짰어."

마치 짠 것처럼.

집에서 찜질방 계란 만들기

재료: 계란, 소금, 압력밥솥

압력밥솥에 종이컵 기준으로 물 한 컵 정도와 계란을 넣고 그 위에 소금을 밥숟가락으로 한 스푼 정도 골고루 뿌려준다. 압력밥솥 뚜껑을 잠그고 아무튼 1~2시간쯤 밥솥을 작동시켜주면 갈색 빛깔 찜질방 구운 계란(같은 것)이 완성된다. 냉장고에서 꺼낸 계란이라면 상온에 잠시 둔 뒤 밥솥에 넣으면 계란이 깨지는 걸 방지할 수 있다. 조리 시간이 길수록 계란의 색은 짙어진다. 미리 소금을 넣었기 때문에 간이 배어 따로 소금을 찍어 먹지 않아도 된다. 그리고 역시, 계란은 사이다와 함께.

Kim Yeolum

Ψ오

부산

김열음

저는 열음, 글과 사색을 좋아합니다.
잘 다듬어진 글보다 조금 모자라고 색이 뚜렷한 글을 씁니다.

instagram @allofpurple

1

여름휴가 내내 붙어 있던 애인은 거의 일주일 만에 회사에 갔다. 나는 파란 솜이불에 얼굴을 묻은 채 아침을 맞이했다. 앓는 소리를 내며 기지개를 쫙 켜고 머리맡에 있던 휴대폰으로 시간을 확인하니, 어느새 열두 시가 넘었다. 애인의 자취방 블라인드는 한 칸이 고장나버려, 황금빛 햇살이 그대로 눈에 닿는다. 잘 떠지지 않는 눈을 구긴 채로 기지개를 켜고 일어났다.

침대 옆 간이테이블에는 어제 먹다 남긴 피자가 보인다. 아무 생각 없이 집어 입에 넣고 씹었다. 도우가 눅눅해진 식은 피자는 맛이 없다. 눈을 데룩거려 손에 들린 피자를 보니 치즈도 잔뜩 눌어붙어 있다. 옆에 있던 콜라를 한 모금 삼켰다. *미지근하네. 냉장고에 넣어놓을걸.* 영양가 없는 잡생각을 늘어놓다가 뭉그적거리며 자리에서 일어났다. 칫솔을 입에 넣고 양치를 했다. 거울 속의 나는 잔뜩 부어 있다. 적당히 양치를 하다가 치약을 뱉었다. 퉷. 대충 씻고 나와서 다시 침대로 다이빙. 매미 소리도 나지 않는 희한한 팔월.

애인은 키가 큰 편이었다. 나도 여자 치고는 큰 편인데, 그런 나보다도 두 뼘은 넘게 컸으니 많이 큰 편이지. 지금 생각해보면, 애인의 뒷모습을 바라보는 걸 퍽 좋아했던 것 같다. 뒷모습이 꼭 나무 같았거든. 어디든지 뻗어 나갈 것 같은 큰 손, 도드라진 날개뼈, 단정한 뒤통수. 사실 처음엔 그런 걸 신경 쓸 겨를도 없었다. 애인이 키가 큰지 작은지, 표정이 어땠는지. 아무것도 보이지 않았다. 다만 며칠 뒤에, 애인이 나를 발견하고 걸어오는 바로 그 순간에야, 애인, 키가 많이 크고, 한쪽 눈에만 짙은 쌍꺼풀이 있고, 눈두덩에 어릴 적 생긴 상처가 있다는 걸 알게 됐다.

2

애인은 피자를 좋아했다. 어느 날 좋아하는 음식에 대해 물은 적이 있었는데, 애인은 파인애플이 들어간 하와이안피자를 제일 좋아한다고 말했다. 그래서 평생 열어보지도 않던 오븐을 처음으로 사용해봤다. 처음 피자를 만들었던 날, 세상에서 제일 못생긴 피자라며 애인의 앞에 내려놓았을 때, 그때 애인의 표정을 잊지 못한다. 치즈와 파인애플이 한데 엉켜 볼썽사나운 모양새를 한 피자를, 애인은 맛있게 먹었다.

"맛있어?"

"응. 진짜 맛있어. 내가 먹어본 피자 중에 제일 맛있는 것 같아."

"못생겼잖아."

"아니, 뭐가 못생겼어? 이렇게 귀여운 피자가 어디 있다고."

입가에 잔뜩 토마토 소스를 묻힌, 내가 좋아하는 웃는 얼굴. 한쪽만 들썩이는 어깨. 모래처럼 부서지는 웃음소리. 가파른 능선으로 휘어지던 입 모양. 눈. 눈동자.

3

다정의 무서움은 무심에서 기인한다. 무심한 사람이 다정한 건 무서운 일이다. 나는 애인의 엄청난 무심함 가운데서도 가끔씩 내게 베푸는 다정을 사랑했다. 애인과 애인이 된 지 올해로 4년. 그런데 애인은 내가 어떤 사람인지 아직 잘 모르는 것 같다. 아니, 알려고 하는 마음을 등진 건지도 모르지. 봐봐, 너 지금도 핸드폰만 하잖아. 나는 애인을 곁눈질했다. 나를 안다고 생각해서 이러는 거면 더 나쁘다. 머릿속으로 이 집에서 나가는 시뮬레이션을 돌려보기도 했다. 하지만 나가면? 갈 데가 있을까? 새벽인데. 춥겠지. 아니, 실은 그가 떠나는 나를 붙잡을 거라는 확신이 없다.

애인은 내가 착해서 좋다고 했으니까, 착하게 굴면 괜찮을 거다. 나는 애인에게서 등을 돌리고 노트북에 시선을 파묻었다. 곧 뒤척거림이 멎고 숨소리가 조용해진다. 나는 살며시 고개를 돌려 잠이 든 애인의 목 근처까지 이불을 덮어주며 속눈썹이라도 쓰다듬어본다. 움찔거리는 모습이 아이 같다. 사랑한다는 말이 턱 끝까지 차올랐지만, 종내 말로 내뱉지는 않는다.

그때 애인의 핸드폰이 울렸다. 시선이 자연스럽게 따라가 화면을 보았다. 오늘 고마웠어요. 내일 제주에서 봐요. 발신자는 여자의 이름.

애인은 내일 제주로 출장을 간다고 했다. 그러니 회사 사람이겠지. 순간 명치 근처가 답답해진다. 고개를 돌려 망가진 블라인드 사이로 밤을 보았다. 짙은 곤색의 하늘. 오늘 애인의 눈빛도 저런 색이다. 살며시 애인의 옆에 자리를 잡았다. 핸드폰은 내용을 보지 못한 것처럼 뒷면으로 돌려놓았다. 이불을 목까지 덮고 눈을 감았지만 잠이 오지 않는다. 애인의 등에 등을 맞대고 호흡했다. *한때는 네가 죽을 만큼 무심해서 죽고 싶었는데, 그럼에도 계속 사랑스러워서 이제는 내가 단단히 미친 것만 같아.*

4

아침. 애인이 제주로 출장을 갔다.

"다녀올게."

어딘지 들뜬 목소리로 인사한다. 나는 평소처럼 배시시 웃으며 잘 다녀오라는 말 대신 말없이 손인사를 했다. 문이 꽝 닫히고, 나는 잠옷 대신 입은 그의 바지 주머니에 손을 꽂은 채 삐딱하게 문을 쳐다본다. 이틀. 고작 이틀. 그런데 왜 이렇게 불안한 걸까. 아야, 나도 모르게 손톱을 깨물고 있었나 보다. 놀라서 밑을 내려다보니 피가 났다. 손톱을 다듬어야겠다.

길게 자란 손톱을 깔끔하게 잘랐다. 그러고 나서 어제 입은 티셔츠와 옷가지들을 세탁기에 구겨 넣고, 침대에 모로 누웠다. 침대에서 애인 냄새가 났다. 베개에 머리를 박고 있으니 시간이 곤두박질친다. 심장이 두근거린다. 제주에서 보자던 그 여자는 누구일까? 어떤 이야기를 할까? 어떤 목소리를 가졌을까? 애인은 잘 웃고, 잘 받아줄 거다. 친절한 사람이니까. 나랑도 함께 가보지 않은 장소에서.

큰일이다. 전화하고 싶어졌다. 하면 안 좋아하겠지. 그래, 고작 이틀. 고작 이틀이잖아. 엄마 잃은 아이도 아닌데, 불안한 마음을 애써 감춰본다. 괜찮다. 다 괜찮을 거야. 주문처럼 외우며 하루를 버텼다.

5

다음 날은 전날보다 눈이 일찍 떠졌다. 일어나서 집 안을 청소기로 싹 밀고, 뭘 해줄까 하다가 피자 재료를 샀다. 오븐 크기도 작고, 상당히 오랜만이라 제대로 해 낼 수 있을 지는 모르겠지만, 되도록이면 애인이 돌아오 는 날에는 가장 좋아하는 음식을 함께 먹고 싶었다. 그 리고 그때 그 얼굴을 다시 보고 싶어.

전보다는 예쁘게 만들 수 있길 바라면서, 열심히 도 우를 만들고 오븐을 뒤적거렸다. 양파를 썰면서는 매워 서 팔뚝으로 코를 막고 훌쩍였다. 네가 좋아하는 베이컨 과 파인애플, 치즈는 아주 많이. 피자를 만들기엔 터무 니없이 작은 크기의 오븐이지만 어찌어찌 모양을 내서 구색을 갖춰본다. 도우에 재료를 얹어 오븐에 넣고 설레 는 마음으로 시계를 보았다. 애인이 도착하기까지 이십 분 정도가 남았다. 노릇하게 구워지는 피자를 보며 애인 에게 보고 싶었다는 말을 먼저 할지, 아니면 무작정 안 길지를 고민했다.

6

또 잠이 든 모양이다. 순간, 볼에 익숙한 것이 닿는다. 이 촉감을 알고 있다. 갈퀴 같은 손. 다가오는 몸을 힘껏 안아 일어났다. 네 정장 재킷에서 희미하게 바닷바람 냄새가 난다. 나는 문득 팔다리가 자유로운 어딘가로 헤엄쳐 사라지고 싶다.

"연락 못 해서 미안. 출장이 좀 길어져서."

그때, 별안간 매미가 울기 시작한다. 그가 블라인드 사이로 손을 뻗어 완벽하게 소음을 차단시킨다. 어둠 속에서 마주한 그의 얼굴을 본다. 애인은 내게 돌아온다던 날보다 이틀이나 더 지나서야 도착했다.

"갑자기 일이 좀 생겨서, 그것 좀 처리하느라."

눈동자가 검다. 차갑고 아픈 색이다. 너는 마음이 식어도 사랑을 하는 척할 수 있는 능수능란한 사람이지만, 심연에서까지 마음을 감추는 법을 배우지는 못한 모양이다.

"괜찮아."

"뭐가?"

"그냥 다."

우리는 평화로운 척하지만 실은 누구보다 불안한 연인.

그래서 나는 일부러 더욱 담담하게 말하는 것이다.

"보고 싶었어. 네가 그리웠어."

애인이 대답 대신 길게 호흡한다. 널따란 등이 꼭 나무의 몸 같다. 그 가지를 짚고 피아노 치듯 더듬거리며 고개를 묻었다. **연기하는 너를 알고 있어.** 맞닿은 입술에선 소금 맛이 났다. 그가 입술을 떼고 고요히 나를 본다. 마주치는 눈동자가 심해처럼 잠잠하다. 그가 몰고 온 바다 내음은 이제 사라지고 없다. 애인의 뒤편으로는 다 썩어버린 피자. 버려지게 될 거다. 순식간에 떠나보낸 것들이 떠올랐다. 눈물이 날 것 같았다.

엄마가 해주던 토스트피자

1 식빵에 스파게티 소스를 한 큰술씩 올려준 후,
   숟가락으로 빵 끄트머리까지 완벽하게 발라준다.

2 녹색 피망이 있다면 좋겠지만, 없다면 대충 냉장고에 있을 법한
   녀석들—햄이나 양파, 버섯, 풋고추—을 올려준다.

3 모차렐라 피자치즈를 반 줌 정도 집어 올려준다. 이때 너무 많이
   올리면 옆으로 줄줄 흐를 수 있으므로 적당량만 올린다. (비주얼
   을 위해 체다치즈나 올리브, 캔 옥수수, 파인애플(!) 등을 올리면
   더 먹음직스러움.)

4 오븐이 있다면 180도로 맞춰놓은 뒤 15분 정도 굽는다.
   없다면 전자레인지에 5분 정도 돌리면 완성.

5 넷플릭스를 켜고 콜라와 함께 맛있게 먹어준다.

yoon Tae Won

식탁 위 단상

윤태원

인디문학1호점

글을 쓰고 책을 만듭니다.
취미로 책방을 운영합니다.

instagram @1st.indimunhak

식탁에 앉으며

　세상에는 이해할 수 없는 일들이 대부분이지요. 그 이해할 수 없는 일들을 이해하는 척하며 살아가는 게 삶의 한 방법이라니, 이런 아이러니가 어디 있겠어요? 이 글은 제주를 여행하던 한때에서부터 시작해요. 제주의 귤은 동쪽과 서쪽의 맛이 달라요. 동쪽의 귤이 상큼하고 탄탄하다면, 서쪽의 귤은 더 달고 물컹하죠. 하지만 두 가지 귤을 섞어놓고 맞춰보라 하면 난 자신이 없어요. 제주도가 아닌 강원도에서 먹는 귤 맛은 사실 크게 다르지 않거든요. 몸을 두고 있을 때는 알 수 있지만 한 걸음만 물러나도 알 수 없는 일이 되어버리고 말아요. 귤 맛이나 인생 같은 그런 것들은요.

빼기의 기술

저지방 우유, 디카페인 커피, 무설탕 콜라. 원래 있던 무언가를 뺐는데 인기를 끌다니. 저로서는 이해할 수 없는 세계예요. 지금의 시대는 뭔가를 더하기보다 하나라도 더 빼야 성공한대요. 미니멀리즘, 심플 라이프 같은 용어도 쉽게 찾아볼 수 있죠. 하지만 저는 옛날 사람인가 봐요. 예전부터 익숙하던 우유가, 커피가, 콜라가 무언가를 하나씩 빼내고선 신제품이 되어 나오는 모습에 선뜻 손이 가질 않네요. 손에 쥔 걸 놓지 않고 꾸역꾸역 쌓고 있는 모습이라니, 역시 시대를 따라가기엔 늦은 건가 싶어요. 비워야 하는데 비우지 못하는 건 게으른 걸까요, 미련한 걸까요.

기워살이

떡볶이를 레인지에 돌렸어요. 어젯밤에 먹다 남은 신전떡볶이네요. 바닥에 아무렇게나 굴러다니는 일회용 젓가락을 집어 들었는데, '김밥천국'이라는 글자가 크게 적혀 있지 뭐예요? 집안을 뒤척이며 신전에서 받은 젓가락이 있나 찾아봤지만 보이질 않네요. 어쩔 수 없이 김밥천국 젓가락으로 신전떡볶이를 먹었어요. 먹다가 갑자기 슬퍼졌죠. 나 이렇게 기워 살아도 되는 걸까? 떡볶이는 신전인데, 집어 먹는 젓가락은 김밥천국이라니. 이렇게 되는 대로, 손에 잡히는 대로, 그때그때 대충 맞춰 때우며 살아도 괜찮은 걸까 싶어서요. 떡볶이 하나 먹기도 힘든 시절이거든요.

라면 먹고 갈래?

생각보다 함께 라면을 끓여 먹었던 사람이 많지가 않네요. 저는 대부분 집에서 야식으로 간단히 배를 채우기 위해 라면을 먹거든요. 그렇기 때문에 저와 라면을 먹는다는 건, 한집에서 한밤에 같이 있어야 한다는 전제 조건이 붙어요. 그리고 이 조건을 채운 사람들은 대부분 옛 애인들이고요. 저는 라면을 먹는 시간보다 라면을 사러 함께 편의점으로 가는 시간을 좋아해요. 잠옷에 대충 겉옷만 걸치고 손을 잡고 편의점으로 가서 라면을 고르는 시간요. 그러고 보면 참 신기해요. 겹치는 라면이 없네요. 옛 애인들은 각각 너구리를, 신라면을, 진라면을, 참깨라면을 골라 담았죠. 라면 취향이 서로 다른 사람들이 저라는 한 사람을 만나주었다니 정말 신기하죠. 덕분에 제가 지금 라면을 못 고르고 있어요. 그 누군가가 떠오르면 곤란하거든요. 지금은 혼자니까요.

캐피탈리즘

위아래 빵 가운데 치킨을 넣으면 치킨버거가 되지요. 불고기를 넣으면 불고기버거가 되고요. 치즈를 한 장 올리면 치즈버거가 되네요. 굉장한 음식이지 않나요? 물론 특별한 소스 양상추가 있다면 맛이 더 좋아지겠죠. 본질은 어떤 패티가 들어가느냐에 따라 이름과 삶이 바뀌어 새롭게 탄생된다는 데 있는 것 같아요. 넣었다 뺐다의 기술! 기본 구성이 마련되어 있다면 나만의 아이덴티티를 넣었다 뺐다 하며 다양한 변화를 시도해볼 수 있지 않을까 생각해봤어요. 네, 이곳은 맥도날드입니다. 맥도날드가 있는 도시에는 미사일을 떨어뜨리지 않는다, 라는 미 국방성의 불문율이 있다죠. 이곳은 평화의 땅이에요. 상하이버거엔 상하이가 없고, 돌아갈 차가 없는 대리기사님은 오늘도 이곳에서 쪽잠을 주무시죠.

안부 인사

우리 엄마가 세계 최고의 요리사라고 할 순 없지만, 저에게 있어서 세계 최고의 요리사는 우리 엄마예요. 특히나 엄마의 두부찌개는 정말 정말 판타스틱해요. 한국을 떠난 지 6개월이 넘었을 때 엄마의 두부찌개가 너무 그리워서 울기도 했지요. 누나와 전화를 하던 중에 엄마 두부찌개가 먹고 싶다고 훌쩍훌쩍 울었는데, 그걸 고새 일러바쳤는지 한국에 돌아온 날 엄마는 묻지도 않고 식탁에 두부찌개를 올려주시더라고요. 그 후에도 제가 어딘가 멀리 다녀올 때마다 엄마는 자연스레 두부찌개를 해주셨어요. 어제 만든 다른 국이나 찌개가 있어도 저를 위해 두부찌개를 꼭 새로 끓여주셨죠. 엄마와 나 사이에 두부찌개는 이제 음식이 아닌 어떤 상징 같은 게 되어버렸어요. 그리움과 기다림, 반가움과 안도 같은 그런 사랑 말이죠.

생명의 전화

닭강정집 사장님이 다리에서 뛰어내리셨어요. 얼마 전 백반집 사장님이 뛰어내린 바로 그곳에서요. 백반집 사장님은 멀리 떠나셨지만 닭강정집 사장님은 다행히 다리만 부러졌어요. 두 분 다 우울증 때문이라고 하더라구요. 저는 닭강정집의 닭강정도, 백반집의 백반도 둘 다 먹어봤거든요. 맛있어요. 우울한 마음을 억누르고 낯선 타인에게 맛있는 음식을 건네는 심정은 어땠을까요? 자신이 만든 음식을 먹으며 '와, 이거 진짜 맛있다!'라고 즐거워하는 사람들이 있다 한들, 치유할 수 없는 마음의 병이 세상에는 존재하나 봐요.

뽁 뽁 뽁

달짝지근한 게 먹고 싶을 땐 라면볶이가 제격이죠. 고딩 시절 급식비를 땡겼을 때 점심 대용으로 매일같이 먹었는데도 여전히 물리질 않아요. 서너 젓가락이면 바닥을 보이는 양이지만, 라면볶이를 먹고 있노라면 옛 시절로 되돌아간 기분이 들거든요. 생각도 계획도 미래도 없이 친구들과 노는 게 마냥 즐겁기만 했던 청소년 시절요. 잠깐의 꿈을 꾸고 입가의 빨간 양념을 닦으면 현실로 돌아와 슬퍼져요. 그때나 지금이나 나는 별반 다를 게 없는데 언제 이렇게 꼬리표가 많이 달렸나 싶어서요. 어깨가 무겁진 않아요. 다만, 꼬리가. 꼬리가 무거워서 한 발 내딛기 참 힘에 겹네요.

오늘은 내가 요리사

창문이 있는 방은 38만 원, 창문이 없는 방은 33만 원. 처음 서울에 상경했을 땐 고시원에서 6개월을 보냈죠. 다음은 500에 30짜리 반지하에서 2년. 그리고 드디어 복층 오피스텔로 이사를 한 날, 꼭 그래야만 하는 것처럼 짜장면을 시켜 먹었어요. 살면서 먹어온 짜장면이 수십 수백 그릇은 될 테지만, 그날처럼 선명히 기억하는 짜장면 먹은 날은 또 없지요. 오피스텔에 누워 꼭 성공하겠다는 의지로 짜장면을 씹어 먹은 지 1년. 저는 짐을 싸서 고향으로 도망치듯 내려왔어요. 첫 사회생활을 시작했을 때 뉴스에서는 저와 제 친구들을 88만 원 세대라고 불렀어요. 그전에는 신세대, X세대라고 불렀고요. 요즘엔 삼포세대, 오포세대라고 부르네요. 입 안엔 짜장 맛이 가시지도 않았는데 꾸역꾸역 무언가를 삼켜왔던 모든 걸 뱉어내야만 했어요. 그래요, 제 선택이죠. 탓하지는 않아요. 오늘은 빨간 날, 점심엔 짜파게티나 먹어야겠어요.

우리는 하나

물에 커피를 타면 롱블랙, 커피에 물을 타면 아메리카노가 돼요. 순서에 따라 이름이 달라지니 재미있지요. 물론 더 전문적으로 따지자면 차이점이 있겠지만 고장난 제 혀는 사실 잘 몰라요. 커피 맛 다 똑같게 느껴지거든요. 롱블랙을 아메리카노라고 속여도 저는 모를 거예요. 아메리카노를 롱블랙이라 속여도 문제 될 건 없지요. 밤에 자고 낮에 일을 하는 사람이나, 낮에 자고 밤에 일을 하는 사람이나 각자의 사정이 있는 거니까요. 하지만 낮에도 일하고 밤에도 일하기 위해 커피를 마시는 사회는 문제가 될 수 있어요. 아주 큰 문제요.

이도향촌

    떡집 사장님은 얼마 전 내려온 큰딸과 사위에게 일을 가르치고 있어요. 순대국밥집은 아들과 딸이 가게 일을 돕고요. 다슬기해장국집은 예전부터 온 가족이 서빙을 했어요. 닭강정집은 다리를 다치신 사장님 대신 아들과 며느리가 가게를 보고 있죠. 자의 반 타의 반, 이 시골에도 가업을 잇는 청춘들이 많아지고 있네요. 좋은 걸까요?

식사를 마치며

고백하자면 저는 식도락이 뭔지 몰라요. 제게 '먹는
다'는 건 고픈 배를 채우기 위한 음식물의 섭취일 뿐, 그
이상의 어떤 기쁨을 느낄 수가 없거든요. 맛있는 음식을
먹으면 행복을 느끼는 사람들이 있다고 하는데 그게 어
떤 감정일까 항상 궁금해요. 맛을 음미하지 못하니 뭔가
를 먹을 때마다 딴생각에 빠지기 일쑤지요. 이 글은 그
런 생각의 정리예요. 무언가를 먹다가 불현듯 생각난 것
들. 혹은 불현듯 생각이 나서 무언가를 먹게 된 것들에
대한 기록이죠.

맛의 비결은 사랑

참기름을 두르고 김치를 볶은 후에 그대로 물을 붓고 끓이는 게 포인트예요. 팔팔 끓기 시작하면 기름 쪽 뺀 참치를 한 캔 넣고 대충 파를 썰어 넣으면 그럴싸한 김치찌개가 완성되죠. 물론 다시다와 간장, 맛소금으로 간을 맞춰야 하고요. 마지막으로 몰래 고추장을 한 숟가락 넣으면 맛이 아주 기가 막히죠. 그렇게 끓인 김치찌개를 제 앞에 놓고는 "먹어봐, 어때? 맛있어? 맛없어도 맛있다고 해!"라고 묻던 아이는 몇 해 전 시집을 갔어요. 그 김치찌개의 레시피를 제가 알려줬다는 사실을 남편이 알면 안 되겠지요.

park ji yong

ᵡ૧

수제비

박지용

사람 위에 있는 모든 제도를 반대합니다.
시집 <천장에 야광별을 하나씩 붙였다>,
문장집 <점을 찍지 않아도 맺어지는 말들> 저

instagram @jiyong.4

01

꿈은 언제나 이렇게 시작된다. 당신이 하루 일을 마치고 와 배고파 죽겠다는 표정을 짓는 장면. 하지만 배고픔도 잊은 채 피곤함을 침대에 녹이듯 잠드는 장면. 그러면 나는 조심스럽게 문을 닫고 마트에 간다. 마침 감자와 호박을 세일해 저녁은 수제비를 해 먹기로 한다. 양파와 청양고추는 아직 남아 있고, 당근은 필요가 없다. 당근만 보면 얼굴을 잔뜩 찌푸리는 당신을 떠올리며 파를 고른다. 반죽은 역시 감자전분이 섞인 것을 집는다. 후식으로 먹을 귤 한 망을 담으면 완벽한 장보기다.

02

잠에서 깨기 전에 요리를 완성해야 한다. 깨고 나면 몹시 배가 고플 테니까. 서둘러 재료를 손질한다. 감자에 묻은 흙을 잘 털어내고 껍질을 벗겨낸다. 움푹 들어간 곳은 칼끝으로 파낸다. 잘 씻은 감자를 적당한 크기로 썰려다가 무언가 잘못되었음을 깨닫는다. 반죽을 먼저 해두어야 하는데 마음이 급해서 재료부터 집어 든 것이다. 서둘러 반죽용 보울을 찾는다.

03

그릇장을 열다가 컵이 개수대에 떨어진다. 방이 조용해서인지 소리는 더 크게 느껴진다. 조심스럽게 뒤를 돌아본다. 다행히 침대가 아직 당신의 피곤을 다 흡수하지 않았나 보다. 다시 서둘러 반죽을 한다. 물은 조금씩 부으며 밀도를 조절한다. 처음부터 물을 많이 넣으면 밀가루를 더 부어야 하고, 그러면 양이 많아지기 때문이다. 반죽을 시작할 때는 항상 이게 언제 될까 싶지만 금세 몽글몽글한 상태가 된다. 생각해보면 지나온 일들의 대부분이 그렇게 만들어진 것만 같다. 단숨에 이루어지는 일은 없다. 설령 그렇게 되는 일이 있다 해도 그건 오래가지 못할 것이다. 적당한 힘을 주어 마음을 꾹꾹 눌러 담으면 아주 맨질맨질하고 부드러운 반죽이 완성된다.

　반죽에 마음이 잘 스며들 수 있도록 랩을 씌워두고 육수 준비를 한다. 벌써 시간이 꽤 지나 이제는 정말 서둘러야 한다. 미리 손질해둔 멸치와 다시마 조각을 넣고 물을 끓인다. 탁자에 신문을 깔고 하나하나 손질했던 멸치다. 그게 올여름이었으니 어느새 계절이 두 번이나 바뀌었다. 그렇게나 많은 일을 했는데도 시간이 빠르게 느껴진다. 아, 많은 일을 해서 빠르게 지나간 것일까. 그래도 그게 슬프게 느껴지지 않는 것은 그 일들을 당신과 함께했기 때문이다.

05

　육수가 끓기 시작한다. 한 입에 먹기 좋은 크기로 썰어놓은 감자를 먼저 집어넣는다. 다른 재료들은 아직이다. 재료마다 익는 속도가 다르기 때문이다. 잘 알지 못하고 모두 같이 넣어버리면 일부가 익지 않게 되거나 너무 익어 식감이 사라져버린다. 남은 재료들이 담긴 접시를 한쪽에 놓아두며 오늘은 꼭 천천히 먹어야겠다는 다짐을 한다. 먹는 속도의 차이가 꽤 큰 탓에 늘 급하게 먹는 당신이 떠올라 그만 속상해진다. 다른 것들은 그렇지 않으면서 후회는 늘 이렇게나 늦다.

06

    이제 반죽을 뜯어 넣을 차례. 당신을 깨울 시간이 되었다는 뜻이다. 완성된 수제비를 먹자고 하는 것보다는 반죽을 뜯는 일 정도는 함께해야 잠도 깨고 덜 미안해 할 것이다. 아니 사실은 함께 반죽을 뜯어 넣는 그 순간을 놓치고 싶지 않은, 순전한 내 욕심 때문이다. 하지만 분명 당신도 그 편을 더 좋아할 것이라는 걸 나는 잘 알고 있다.

당신을 깨우기 위해 뒤를 돌아보니 때마침 눈을 뜬다. 맛있는 냄새가 난다는 말과 함께. 뭘 만드느냐고 물어 수제비를 하고 있다고 답한다. 아직 다 한 것은 아니지 하며 반쯤 뜬 눈으로 걸어오더니, 아직 동그랗게 뭉쳐 있는 반죽을 보곤 웃는다. 예상했던 대로다. 씌워뒀던 랩을 걷어내고 반죽을 꺼낸다. 절반이 조금 안 되는 양을 떼어 몫을 건넨다. 반죽은 마음이 잘 스며들었는지 적당히 촉촉한 상태가 되었다. 국물용으로 넣어둔 멸치와 다시마를 건져내고, 손에 물을 조금 묻혀 반죽을 얇게 편다. 처음에는 얇게 펴는 일이 마음처럼 잘 되지 않아 이상한 모양이 만들어진다. 뭉친 채로 국물에 담그는 사람이 있으면 그건 자신의 몫임을 서로 합의한다. 물론 그렇다고 먹을 때 뭉친 모양의 수제비가 누구의 것인지에 대해 이야기한 적은 없다.

반죽을 얇게 펴 뜯어 넣는 일은 각자의 기술뿐 아니라 서로간의 괜찮은 호흡이 필요하다. 뜯은 반죽을 서로 번갈아가며 국물 속에 집어넣어야 반죽이 겹치지 않고 잘 익는다. 또 손이 겹치면 자칫 뜨거운 국물이 튀는 불상사가 생길 수도 있기 때문이다. 처음에는 서로 조심하다가 어느새 자연스러운 호흡이 생기는 순간이 온다. 충분한 대화를 나누면서도 호흡이 척척 맞아 빠른 속도로 반죽을 뜯어 넣는 순간. 그렇게 남은 반죽을 모두 뜯어 넣고 나면, 우리는 눈빛을 한 번씩 주고받는다. 겨우 수제비 2인분을 만들어놓고 마치 대단한 무언가를 해낸 것처럼 말이다. 하지만 우리에게는 큰 의미가 있는 일이다. 우리의 호흡이 꽤 잘 맞음을 또 한 번 확인하는 것이니까.

09

반죽이 서로 달라붙지 않게 살살 저으며 파를 제외한 남은 재료들을 넣고 간을 맞춘다. 다진마늘과 간장으로 풍미를 더하고 소금을 조금씩 넣어 국물 맛을 본다. 특별한 말은 필요 없다. 적절한 간이 되었음을 확인하기엔 표정과 눈빛만으로 충분하다. 수제비가 익는 동안 식탁에 수저와 김치를 꺼내 놓는다. 냄비 받침을 가운데 두면 이제 드디어 파를 넣을 차례다. 오래 기다린 파에게 고마움을 전하며 남김없이 국물에 넣어준다.

10

각자의 그릇에 수제비를 조금씩 덜어 먹는다. 쫄깃
쫄깃한 수제비와 부드럽게 익은 애호박을 함께 입에 넣
으면 노곤했던 하루가 모두 풀어져버린다. 반죽마다 그
것을 뜯어 넣을 때 나눴던 대화가 담겨 있어 우리는 쉬지
않고 하루의 일들을 식탁 위에 꺼내 놓는다. 반복되는 일
상 같지만 매일이 새로울 수 있다는 것을 우리는 서로를
보며 깨닫는다.

11

오늘도 많은 이야기를 삼킨 우리는 그것들을 소화하기 위해 산책을 나선다. 날이 추워졌으니 단단히 채비를 하고 문을 나선다. 계단을 내려가다 잊은 것이 있어 돌아온다. 아까 사둔 귤을 주머니에 두 개씩 넣는다. 잊었다면 분명 귤이 속상해했을 것이라는 말도 안 되는 얘기로 돌아온 것에 대한 명분을 만든다. 밖은 추워졌지만 우리의 주머니는 두둑해서 추울 일이 없다.

12

    찬바람이 얼굴에 닿는 순간, 나는 잠에서 깬다. 수제비가 아직 소화되지 않았는데, 귤에는 손도 대지 못했는데 갑자기 그 장면에서 내가 사라진다. 잠에서 깬 나는 아직 저 밖에 당신이 있다고, 추운 데서 분명 나를 기다리고 있을 거라고, 제발 다시 돌아가게 해달라고 믿지도 않던 신들의 이름을 부르며 애원한다. 그러나 당신이 없는 나의 기도는 소용이 없고, 나는 밀도를 잃어버린 반죽이 되어 침대에 늘러붙는다.

13

국물은 이제 삼키기 어려울 만큼 짜다.

00

잘 만든 음식은 들어간 재료들의 합 이상의 무엇이 된다는 말을 당신에게 한 적이 있다. 그 순간이 좋아 재료를 이해하고 그것들을 조합하는 일을 즐긴다고. 당신은 그것이 내가 요리를 좋아하는 이유라 기억할 것이다. 하지만 이제 그 이유는 내가 해준 음식을 언제나 맛있게 먹어준 당신에, 간이 잘 맞지 않거나 불 조절을 잘하지 못해 부족한 맛이 날 때에도 나를 보며 지어준 가장 맑았던 그 표정에 있다.

그러나 그 얘기를 전할 길을 나는 그만 잃어버렸고,

주방에는 먼지가 한참 쌓여버렸다.

감자수제비 레시피 (2인 기준)

감자 2개, 애호박 1/2개, 양파 1/2개, 대파 약간
청양고추 2~3개, 국간장 1큰술, 다진마늘 1작은술, 소금 약간,
국물용 멸치 5마리, 다시마 1장, 물 1.2L,
감자전분이 들어간 수제비 가루 250g (직접 배합하고 싶다면 중력분과 감자전분을 따로 구입해 원하는 비율로 배합해 사용한다.)

1   수제비 가루에 물을 조금씩 넣으며 잘 뭉쳐지도록 반죽한다.

2   완성된 반죽은 랩을 씌우거나 비닐봉지에 담아 냉장고에 넣어
    숙성시킨다.

    (숙성 시간이 길면 더 좋으니 가능하면 미리 준비해놓는다.)

3   냄비에 적당히 물을 받아 국물용 멸치와 다시마 조각을 넣고 끓
    인다.

4   감자를 깨끗이 씻고 껍질을 벗겨 먹기 좋은 크기로 썰어낸다.

5   육수가 끓으면 감자를 집어넣고 나머지 재료를 손질한다.

6 멸치와 다시마를 건져내고 반죽을 조금씩 얇게 펴 국물에 집어 넣는다. 이때 국물이 튀지 않도록 불은 약하게 한다.

7 뜯어 넣은 반죽이 서로 달라붙지 않게 살살 저으며 양파, 애호박, 청양고추를 취향에 따라 넣는다. 불은 다시 세게 한다.

8 국간장과 다진마늘을 넣어 풍미를 더하고, 소금으로 적당한 간을 맞춘다.

9 마지막으로 파를 넣고 잠시 기다린다.

10 감자와 반죽이 잘 익었는지 확인하고 불을 끈다.

Hwang Yu mi

Ψφ

야채수프

황유미

글 쓰고 책 만드는 프리랜서.
소설집 <피구왕 서영>,
<오늘도 세계평화를 찾아 주셔서 감사합니다>가 있습니다.
불안할 때는 글을 쓰고 브런치에 올립니다.

brunch.co.kr/@typeandpress
instagram @type.and.press

1. 황급히 먹고 싶은, '수프'

두 번째 소설집 <오늘도 세계평화를 찾아 주셔서 감사합니다>의 최종교를 보던 날. 담당 편집자와 의견을 나누고 헤어지기 직전, 이런 질문을 받았다.

편집자 K　작가님 '최애' 부사가 뭔지 아세요?

나　글쎄요. 어떤 단어죠?

편집자 K　황급히. 다들 뭔가를 황급히 하더라고요. ㅋㅋㅋ

나　ㅋㅋㅋㅋ 앗, 제가 성격이 급하긴 해요.

뭐가 그렇게 급했을까. ^^;;

그 자리에서는 시원하게 웃고 말았지만 돌아오는 길에 소설 속 인물들이 '황급히' 자리를 뜨고, '황급히' 결정을 내렸을 수도 있다는 생각에 민망하면서 무서웠다. 내가 쓴 글에 나처럼 성격 급한 캐릭터만 등장했을까 봐 몇 번이고 '황급히'라는 단어를 곱씹었다.

이래서 좋은 글을 쓰려면 일단 좋은 사람이 되어야 한다는 말이 있는 걸까. 아직까지는 아무리 감추려 애를 써도 나의 성향이 지문처럼 묻어나는 것 같다. 어떤 사람이 좋은 사람이고, 좋은 글을 쓸 만한 사람인지는 모르겠다. 다만 적어도 어떤 상황에서도 황급히 행동하기보다는 괴롭더라도 천천히 하나씩 해결하는 인내심 있는 사람이고 싶은데. 쉽지는 않다.

급한 성격은 집안 내력이다. '빨리빨리'가 몸에 밴 탓에 학교에서는 물론 직장생활을 하던 때에도 지각 한 번 한 적 없을(못 할) 정도였지만, 급한 성격이 좋지만은 않다는 걸 나이가 들면 들수록 깨닫고 있다. 기대하는 결과가 보이지 않으면 초조해지고, 예상대로 흘러가지 않는 상황을 마주하면 쉽게 흔들린다. 내 손을 떠난 일을 느긋하게 지켜보는 여유와 인내심이 부족해서이다.

이런 내가 정작 '기다리는 능력'이 중요한 음식, 수프를 사랑한다는 건 아무리 생각해도 오묘하다. (수프라고 쓰는 지금 이 순간에도 수프가 황급히 먹고 싶다!) 기다림으로 완성되는 음식, 수프와의 인연을 설명하자면 약 8년 전까지 거슬러 올라가야 한다.

2. 최악의 첫 만남

8년 전 나는 (지금과 다르게) 외국에 한 번만 나갔다 들어와도 글로벌 인재가 될 것이라고 믿던 패기 넘치는 대학생이었다. 넘치던 패기를 주체하지 못하고 훌훌 날아간 독일에서 겪었던 수많은 곤란한 일 중 하나는 바로 끼니를 챙기는 것이었다. 가사노동에 들이는 시간을 아까워한 나는 매일 빵, 계란프라이, 뮤즐리(시리얼 비슷한 것), 소시지, 베이컨을 돌려가며 끼니를 대충 때웠다. 가끔 밥이 그리워서 눈물이 날 것 같은 날에나 이것저것 넣어 볶음밥 한 그릇을 겨우 해 먹었다.

여느 때처럼 계란프라이를 한 뒤 급하게 자리를 뜨려던 내 눈에 한국에서 족발 삶을 때나 쓸 법한 커다란 솥단지 같은 냄비가 보였다. 어마어마한 크기의 냄비는 거의 매주 인덕션의 같은 자리에 놓여 있었다. 나는 어느 순간 한 주에 한 번씩 계속 같은 자리를 묵묵히 지키는 냄비의 정체가 궁금해졌다.

저 안에 대체 뭐가 들었을까? 소꼬리 같은 거라도? 아니 그런데 저렇게 올려놓고 자리를 떠도 되는 걸까? 한번 호기심이 동하자 궁금증은 더 부풀어 올랐다. 결국 궁금증을 억누르지 못한 어느 날, 나는 그러지 말아야 한다고 생각하면서도 좌우를 살핀 뒤 냄비 뚜껑을 살짝 열어보고 말았다.

으악, 이게 뭐야.

냄비 안에서는 각종 야채가 뽀얀 육수를 내뿜으며 보글보글 끓는 중이었다. 야채수프였다. 야채수프에 대한 나의 첫인상은 솔직히, 끔찍했다.

어릴 적 그림책에서 봤던 매부리코 마녀가 끓이는 음식. 딱 그런 느낌이었다. 뭉텅뭉텅 커다랗게 썰린 당근, 양배추, 감자 조각과 이름 모를 이파리 몇 장이 보였다. 뒤엉킨 야채 덩어리들을 보자마자 냄비 뚜껑을 곧장 닫았고, 사실 그때만 해도 그게 야채수프란 것도 몰랐다.

그게 마녀의 묘약이 아닌 '수프'라는 음식이었다는 건 시간이 꽤 흐른 뒤에 알았다. 내가 알던 수프는 어쩌다가 뷔페에 가면 보이던 크림색 꾸덕꾸덕한 양송이수프가 전부였다. 따뜻한 물에 분말을 털어 넣은 뒤 휘휘

저어 완성하는 3분 수프가 아닌, 수프를 요리하는 과정은 처음으로 목격한 것이다. 그렇게 우연히 수프는 사실 분유처럼 가루를 타서 먹는 게 아니라 형태가 있는 식재료를 손질해 냄비에 넣고 끓이는 정성이 들어간 요리란 걸 알게 되었다.

그러나 아는 건 아는 거고, 귀찮은 건 귀찮은 거였다. 그때도 나는 성격만 급했다. 도저히 색색깔의 각기 다른 재료를 준비한 뒤 손질하고 불 앞에서 일정 시간을 지켜볼 자신이 없었다. 게다가 어쩌다 우연히 목격한 야채수프 조리 과정마저 첫인상이 최악이었으니. 침이 고일 정도로 먹음직해도 요리를 할까 말까인데. 그러니까 야채수프를 직접 해 먹을 생각은 눈곱만큼도 없었다. 야채수프에 대한 첫 기억은 오직 '저런 당근 나부랭이를 무슨 맛으로 먹는 거지?'라는 초딩 수준의 감상으로 남았다. (미안하다, 야채수프야.)

3. 최악에서 최애로?

수프 먹는 재미를 알게 되고, 그중에서도 뜻밖에 '야채수프'가 '최애' 수프가 된 건 순전히 연애 덕이었다. 한때 많이 좋아했던 사람과 갔던 음식점에서 그 사람이 다른 메뉴가 아닌 야채수프를 고르자마자 나는 속으로 깜짝 놀랐다.

세상에, 야채수프를 먹는다고?

정현종 시인은 <방문객>이라는 시에서 한 사람을 만나는 일을 그의 '일생'을 만나는 일에 빗대었다. 텍스트에 불과했던 구절이 실체로 다가온 순간이었다. 이전까지 야채수프에 편견이 있던 나는 반신반의하며 그가 먹어보라고 권한 수프를 떠먹었고, 그 순간 새로운 세계에 발을 들였다.

고작 당근 덩어리가 이렇게 맛있다고?

혀에 착착 감기는 야채수프의 감칠맛은 한번 입을

대자 수저를 놓기가 힘들 정도로 매혹적이었다. 치킨 육수로 우려낸 풍미 깊은 야채수프의 국물을 후루룩 삼키며 먹기에 딱 좋을 정도로 익은 감자와 당근 덩어리를 천천히 씹었다. 먹을 때만큼은 잘 보이고 싶은 남자가 앞에 있든 말든 오로지 수프와 나뿐이었다. 정신없이 야채수프의 매력에 빠져든 나는 마지막까지 맛 하나하나를 놓치지 않으려 노력했다. 물론 눈앞에 있는, 내가 사랑하는 사람이 좋아하는 음식이라는 점도 맛을 더해준 것 같지만.

그날 이후 야채수프를 떠올릴 때면 나는 로맨틱한 감상에 빠지기도 한다. 잘 모르던 사람을 알아갈 때 설레던 감정, 전혀 관심 없던 음식의 세계에 막 진입한 첫 느낌이 뇌리에 강하게 박혔기 때문일 것이다.

이렇게 최악의 첫인상을 지나 최애 음식으로 자리매김한 수프이지만, 여전히 자주 집에서 해 먹지는 않는다. 그건 정말로 진지하게, 재료가 충분히 익을 때까지 기다리는 시간을 견디기가 어렵기 때문이다.

야채수프의 맛을 알아버린 그날 이후, 나는 가끔 정말 할 일이 없을 때 야채수프는 물론 단호박수프, 당근수프까지 직접 만들어보는 과감한 시도를 해보았다. 그러나 언제나 맛은 2%쯤 부족했으며 불 조절에 실패해 냄비 바닥을 태우기도 했다. 게다가 냄비 한가득 끓인 그저 그런 맛의 수프를 나 혼자 며칠 동안 먹다 보면 수프를 직접 요리해 먹겠다는 의지는 거짓말처럼 또 없어졌다.

4. 기다려, 워워, 기다려!

내가 기다리는 시간을 즐길 수 있는 느슨한 사람이었다면 달랐을까? 가끔 그런 생각을 해본다. 불 앞에서 무언가 익어가고 뭉개지고, 마침내 형체를 잃기도 하는 그 모든 과정을 즐겁게 기다릴 줄 아는 사람이었다면 조금은 달랐을지.

그런 사람이었다면 백지를 열어 한 문장을 쓰고, 한 편의 이야기를 완성할 때까지 필요한 모든 과정까지도 조금은 더 느긋한 마음으로 즐기면서 진행할 수도 있었을까.

소설을 쓰기 시작한 뒤로 특히 그런 생각을 더 많이, 자주 한다. 이야기를 쓰려면 느긋하게 기다릴 줄도 알아야 한다는 생각을. "급할수록 돌아가라"는 말을 몇 번이고 새기면서 억지로 매듭을 지어 당장 끝내고 싶은 마음을 누르고 또 눌러야 한다는 생각을 종종 했다. 급하다고 억지로 매듭짓는 순간 이야기는 더 꼬인다. 마지막까지 고치고 또 고치려면 풀리지 않는 부분이 있어도 느긋하게 기다리는 이른바 '마인드컨트롤'이 필요하다. 요즘에는 끝까지 쓸 수 있을까 의심스러울 때마다 의식적으로 이렇게 외친다.

"존버는 승리한다. 버티자!"

기다리는 것도 능력이라는 걸 너무 늦게 깨달았다. 혹시 나중에 아이를 양육하게 된다면 꼭 "기다려. 워워, 기다려!"를 훈련할 예정이다. 이렇게 늦게 알았으니 이제는 어쩌나. "기다려!"를 외쳐주거나 진정시켜줄 사람도 없고 홀로 마음을 다스릴 수밖에.

최근에는 괜스레 초조해질 때 수프를 끓인다. 성미 급한 나와는 상극인 음식이라 요리 과정 자체가 그야말로 '셀프 고문'이기는 하지만 그래도 끓인다.

불 앞에 서서 조금씩 으스러지는 재료를 나무 주걱으로 천천히 휘저으면 정체 모를 불안이 뒤편으로 밀려난다. 대신 아주 구체적이고 작은 불만만 남는다. 예컨대 "이거 언제 익지?", "벌써 배고프다.", "지금 물을 더넣어야 하나?" 하는 아주 세세한 단위의 고민 말이다.

이런 고민은 적어도 내가 만들었지만 이해가 잘 가지 않는 캐릭터처럼 골치 아프지도 않고, 내가 시작했지만 어떻게 끝내야 할지 알 수 없는 이야기처럼 애매모호하지도 않다. 그저 몇 분 더 기다리면서 냄비 속을 지켜보면 자연스럽게 해결되는 걱정이다. 혹은 실수를 해도 "다음번에는 이러지 말아야지." 하는 깨달음을 곧바로 얻을 수 있다. 수프 만들기는 글쓰기에 비하면 실체도 분명하고, 시간만 흐르면 답이 나온다.

　야채수프는 몇 번을 시도해도 예전 그 사람과 먹었던 감칠맛이 나지 않아 마켓컬리에서 아예 치킨스톡과 냉동야채를 주문했다. 내일 새벽 배송으로 재료가 도착하면 치킨스톡을 넣어 육수를 우려내고, 냉동야채를 넣어 야채수프에 한 번 더 도전해보려 한다. 아마 나는 또 물이 끓기를 기다리며 초조해하다가, 배고프다고 투덜대다가, 기다림 끝에 얻은 수프는 5분 만에 후루룩 흡입할 것이다. 그리고 나면 또 설거지하기 싫다고 버둥거리기도 하겠지만, 그래도 이런 걱정은 무섭지 않다. 아무리 싫어도 시간이 흐르면 하나씩 할 수 있다는 건 아니까.

　며칠 전에는 집에 있던 재료를 끌어모아 감자수프를 해 먹었다. 감자수프는 그간 내가 요리해본 수프 중에서는 가장 쉽고, 어느 정도 이상의 맛이 보장되는(!) 만만한 수프이기도 하다. 예전이었으면 그냥 사 먹고 말지, 라고 생각할 텐데 이제는 집에 감자가 있으면 수프 끓일 생각을 하고 심지어 맛이 있다니 이런 것도 발전이라면 발전일까. 수프를 한 냄비 끓일 때마다 그게 무엇이든 더 나아진다면 좋겠다. 더 나아지고 있다는 믿음이 앞으로 더 나은 사람이 될 수 있다는 확신으로만 바뀐다면. 그렇다면 더 바랄 것도 없겠다.

내일도 수프를 끓이며 나는 정체를 알 수 없는 커다란 불안에서 작은 걱정으로 도망칠 수 있는 작은 문을 만들 것이다. 더 느긋한 사람이 되는 그날을 그리면서. 오늘도 외친다. 기다려, 워워, 기다리라고!

뭐든 황급히 해치우는 사람을 위한
'초간단 감자수프' (1인분 기준)

감자 2개, 양파 반 개, 우유, 버터, 소금

1   껍질을 벗긴 감자 2개를 푹 삶는다. (푹 익힐수록 좋다. 급해도 참기!)

2   감자가 익는 동안 양파 껍질을 벗겨 반 개만 얇게 썰어준다.

3   프라이팬에 버터를 양껏 두르고 양파가 흐물흐물해질 때까지 볶는다. (양파 숨이 충분히, 아~주 충분히 죽을 때까지. 급해도 참는다.)

4   감자가 으스러질 정도로 충분히 익으면 익은 감자와 볶은 양파를 믹서에 넣는다.

5   감자와 양파 덩어리가 약간 잠길 정도로 우유를 붓고 믹서를 돌린다. (이때 우유의 양이 곧 수프의 농도가 됩니다. 뻑뻑한 수프를 좋아하면 감자 덩어리가 겨우 잠길 정도로만.)

6   곱게 갈린 내용물을 3번의 팬으로 옮겨 소금 간을 하고 마지막으로 데워주면 완성! (이때도 충분히 데워주셔야 먹을 때 맛있어요. 배고파도 꼭 데워서 먹기.)

    *기호에 따라 소금 대신 치즈 한 장을 넣어도 좋고, 마지막에 파슬리 가루 + 후추를 쳐서 먹어도 맛있습니다.

Kim Huran,

ＹＰ

위스키와 초콜릿

커피가게 동경의 아이리시커피
: 우연이지만 필연이기도 한 것

쇼콜라디제이의 위스키봉봉
: 차갑게 시작하지만 뜨겁게 끝나는 것

김후란

이 모든 과정이 소설로 돌아가기 위함이라 믿는 사람.
글을 쓰는 일은 기어이 나를 버리고
기꺼이 빛을 내는 것이라 생각한다.

instagram @canna__i

커피가게 동경의 아이리시커피
: 우연이지만 필연이기도 한 것

우리 회사는 핫하기로 소문난 망원동에 있다. 회사가 이사 오기 전까지는 소풍 오는 기분으로 이 동네를 돌아 다녔지만, 막상 회사가 망원동 한복판에 있으니 상황이 달라졌다. 점심에는 가까운 밥집을 가고 커피도 근처에 서 테이크아웃으로만 마신다. 저녁에 일부러 시간을 내 서 요즘 뜨는 맛집을 가기에 이곳은 너무 '회사 주변'이 다. 나는 매일 초췌한 얼굴로 집에 가는 직장인 1이 되었 고, 화사하고 밝은 사람들 속에서 표정 없이 걷는다.

나는 현재 에디터로 일하고 있다. 주로 입찰을 준비 하거나 마감이 급한 기획 업무에 늘 쫓기는 신세다. 퇴근 시간이 들쭉날쭉해진 시노 오래다. 백수일 때부터 지금 까지 근 2년간 체력을 위해 발레를 했으나, 이제 수업시

간도 맞추기가 어려워졌다. 지금 다니는 발레학원은 회사에서 멀지 않은 곳에 있고 스파르타식으로 가르쳐서 잘 맞는다. 문제는 수업이 저녁 8시 30분에 시작한다는 것. 수업 전까지 시간을 때우러 갈 카페가 마땅치 않다.

오늘은 고민 끝에 '커피가게 동경'을 떠올렸다. 불면증에 시달린 이후로는 되도록 6시 이후에는 커피를 마시지 않으려고 한다. 그러나 이곳은 커피가 맛있으므로 선택의 여지가 없다. 이 카페는 손님이 많을 때는 한 시간 반이고 두 시간이고 기다려야 하지만, 안에 있는 사람들이나 바리스타들은 시간에 전혀 구애받지 않는 것처럼 보인다. 목소리를 점점 높이는 사람들로 시끄러워져도 그에 대응하듯 턴테이블로 재즈를 크게 튼다.

저녁 시간대라 손님이 많지 않았지만 자리의 선택권은 없었다. 낮은 테이블에 짐을 두고 메뉴판을 보니 아이리시가 눈에 띄었다. 이날 아이리시커피를 주문한 게 내가 술에 대해 쓰려고 했기 때문일까. 아니면 그전부터 술에 관한 글을 쓸 운명이었던 걸까.

커피가 나올 때 마침 벽면이랑 마주 보는 테이블에

앉았던 손님이 나갔다. 나는 노트북을 들고 자리를 옮겼다. 귀를 날카롭게 긁는 재즈 음악이 카페 안에 퍼져 나갔다. 마치 기관차가 지나가는 것 같은 웅장함이 공간을 분할하는 것 같았다. 주변 사람들을 흘끗 봤다. 사람들은 모두 시그니처 메뉴인 아인슈페너를 시킨 모양이었다. 부드러운 크림이 얹어진 잔들이 테이블마다 놓여 있었다. 따뜻한 음료인지 차가운 음료인지는 예쁜 빈티지 잔과 유리잔으로 구분할 수 있다. 슬쩍 부엌 쪽을 보니 오늘도 사장님은 말없이 커피를 내리고 있다.

신경을 집중시키는 재즈의 박력에 잠시 한눈을 팔았다가 무심코 마신 커피 맛에 감탄했다. 커피가게 동경의 아이리시는 아인슈페너만큼 훌륭해서 말을 잃었다. 직원분은 20ml 정도의 위스키가 들어간다고 경고했지만, 나는 위스키봉봉을 파는 초콜릿 가게의 단골손님이 아니던가. 이제 위스키 라벨 정도는 볼 줄 아는 수준이다.

없던 삶의 애환이 생긴 건 이십 대 후반부터였다. 가끔 술이 먹고 싶고, 혼자 술을 먹는 것도 나쁘지 않고. 몇 번 가본 안주집이 생각나는 섯늘. 이십 대 초반에는 커피로 다 해결할 수 있었는데 이제는 술이 당긴다. 얼

큰하게 취해서 누군가에게 하소연을 하며 주정을 부리는 건 절대 싫다. 울거나 감정 기복이 심해지는 것도 싫다. 다만 이제는 곱창에는 소주가, 회에는 청하가, 피자에는 맥주가 없으면 서운한 삼십 대이다.

아이리시를 한 잔 마시고 글을 쓰니 어쩐지 몸의 긴장이 풀린다. 술을 먹고 발레를 해도 되는 걸까 하는 생각도 들었지만, 정작 발레를 할 때 평소보다 몸이 더 유연해진 기분이 들었다. 끝없이 몸이 늘어날 것처럼 연해지는 느낌. 이틀 뒤, 발레학원에 가기 전 회사 근처 서점에 들렀다. 자리에 앉아 글을 쓰다가 옆 책장에서 『히데코의 술안주』의 위스키편을 발견한 것도 우연일까. 아니면 필연일까.

쇼콜라디제이의 위스키봉봉
: 차갑게 시작하지만 뜨겁게 끝나는 것

처음 글을 청탁받았을 때 아무것도 떠오르지 않았다. 그래도 덥석 하겠다는 대답부터 한 건 필진으로 글이 실리는 건 오랜만이라는 것. 또한, 독립출판물로 그런 기회를 갖게 된 건 처음이라서. 안타깝게도 평소 할 줄 아는 요리라는 건 라면, 김치볶음밥, 짜파게티, 김치찌개 정도인데 주제가 요리라 글을 쓰는 데 애를 먹었다. 결국 글을 제일 늦게 내는 걸 보면 요리는 내게 아직 먼 단어고, 그저 나는 잘 먹기가 특기인 사람이다.

처음 주제를 잡을 때 첫 번째 책에 썼던 유부초밥 이야기를 좀 더 자세하게 써볼까 했다. 이미 쓴 주제를 또 우려먹고 싶지 않아서 금방 관뒀다. 좋아하는 음식들과 자주 가는 식당을 떠올려봤는데 글로 쓰자니 어려웠다.

며칠간 이런저런 생각들로 복잡했을 때, 마침 쉬고 있던 나의 아지트가 오픈한다는 반가운 소식을 들었다. 몇 달에 한 번을 가도, 심지어 반년에 한 번을 가도 나를 단골손님으로 불러주는 곳.

쇼콜라디제이의 첫인상은 날카롭고 차가웠다. 바깥에서만 봐도 블랙과 실버로 나뉜 공간의 구분이 특징적이고, 쇼룸에 들어서는 순간 작업자의 공간에 들어온 불청객 같은 느낌이 들었다. 겉보기에도 실제로도 가게보다는 쇼룸에 가까웠고, 포장을 해서 나가는 게 가장 적절한 거리를 유지하는 것처럼 보였다. 그러나 나는 그날 테이스팅 코스라고 해서 아이스크림, 위스키봉봉, 파베, 쇼콜라쇼를 다 음미해보는 사치를 누렸다. 거기다 엄마와 함께 들렀기 때문에 한동안 나는 '모녀 손님'이라고 불렸고, 독립출판물을 낸 후에는 '글 쓰는 칸나'로 불렸다.

이름만 들어서는 짐작이 잘 안 가는 이곳에서는 술이 들어간 초콜릿을 판다. 이곳에서 파는 초콜릿은 크게 위스키봉봉과 파베 두 종류로, 안에 들어가는 건 주로 위스키이지만 럼, 진 등의 술도 쓰인다. 스무 살 때 나는 비닐 봉다리에 든 칵테일을 몇 번 먹으면서 미도리나 깔

루아 밀크 정도의 이름을 외웠다. 반면 이제는 바나 레스토랑의 찬장에 놓인 술을 보면 쇼콜라디제이를 통해 접한 것이 대부분이라 아는 술을 세보곤 한다. 엄청난 변화다.

여기서 파는 파베는 입 안에서 사탕을 굴리듯 먹어야 한다. 처음에는 얇은 커버처가 느껴지면서 쌉싸름한 초콜릿의 맛이 강하게 맴돈다. 파베는 입 안에서 굴리면 굴릴수록 술의 맛이 점차 본색을 드러내는 것이 특징이다. 최근 먹은 것 중에서는 레몬칠로라는 이탈리아 진으로 만든 파베의 깔끔한 맛이 좋았다. 진이 들어간 초콜릿은 질척거리지도 않고 끝맛이 깔끔하다. 사실 나는 파베보다 위스키봉봉을 좋아한다. 동그랗고 단단해 보이는 셸은 입 안에서 깨물면 부서지고 만다. 나는 이걸 '터져 나온다'고 표현하는데, 액체형의 술의 알딸딸하게 입 안으로 스며드는 것이 찰나지만 영원처럼 느껴진다.

재밌는 건 초콜릿이 술과 만나 내는 시너지는 늘 상상이상이라는 것이다. 정석적으로 나무 향이 나는 위스키, 포도주처럼 와인 향을 머금은 위스키, 허브 향이 강하게 나는 위스키, 향긋한 차향이 나는 위스키 등등. 모두 초콜릿과 만나면 술의 맛도, 초콜릿의 맛도 배가된다.

여기까지 적고 보니 아이러니하다. 초콜릿은 아이들의 위안이라면 술은 어른들의 위안이라고 생각하기 쉽다. 대부분의 초콜릿은 화려한 포장지나 금박에 싸여 있다. 거기다 달콤한 향을 풍기고, 실제로 입 안에 넣었을 때도 달콤하고 부드럽다. 반면 술은 어떠한가. 술이 목구멍을 타고 내려가면 뜨겁고 쓰다. 그런데 우리는 그 속에서 달콤함을 발견하는 것이다.

쇼콜라디제이는 지금도 내게 아지트다. 계절이 바뀌면 어김없이 생각나고, 끊임없이 하는 새로운 초콜릿 작업이 궁금하고 기대된다. 사장님이 했던 이야기들이 마음에 남아서, 무엇보다 여기보다 초콜릿이 맛있는 곳은 없어서, 이렇게 장인정신을 가진 사람을 직접 마주하는 곳도 없어서. 나는 이곳에 마음이 자꾸 쓰인다.

이제 와서 생각해보니 이곳은 내 글의 모습이나 형태와도 어딘가 닮아 있는 것 같다. 내 글은 나라는 존재를 이루고 있는 많은 경험들에 의해 되새겨지고 재해석된다. 예를 들면 한때는 겉모습이 화려한 글을 쓰고 싶었다. 온갖 표현으로 세세하게 묘사하는 글들이 아름답다고 느꼈다. 지나고 보니 그것이 글의 본질은 아니었다. 이제 사람들을 쉽게 위로하는 이야기들이 부유하듯 넘쳐나고, 사람들은 그 이야기에 쉽게 홀린다. 내게는 누군가의 눈길을 함부로 끌 수 있는 문장들을 쓸 능력도 없다. 사람의 마음을 울리고, 때리고, 감정적인 동화를 일으킬 만한 능력도 없다.

내가 지금 쓸 수 있고 쓰고자 하는 건 뼈대만 남은 알맹이에 가까운 글이다. 위스키봉봉처럼 바깥은 단단하고, 속을 열면 진짜가 흘러나오는. 그 맛이 알싸하고도 씁쓸하고 변덕스럽고 아름다울 수도 있는. 요리에 대해 쓰면서도 여전히 글로 가는 길을 지울 수 없다니 헛헛한 웃음이 나온다. 결론적으로 쓰고 있지 않다면 읽고 있고, 읽고 있지 않다면 쓰고 있던 내 삶의 모토를 실천하기 위해, 앞으로도 나는 나 자신과 끊임없는 사투를 벌여야 할 것이다. 누군가를 위로하거나 마음을 사기 위해 글을 쓰는 목적을 잊지 않기를 바라며.

위스키 입문자를 위한 레시피

*위스키에 빠진 아이스크림

1   유리로 된 깊이감이 있는 볼에 바닐라 아이스크림을 1~2스쿱
    정도 담아준다. 이때 단단하게 굳어진 아이스크림을 사용하거
    나 텍스처 자체가 있는 아이스크림을 준비하면 좋다.

2   준비해둔 위스키를 20ml 부어준다. 약간 달콤한 것을 원한다면
    레미마틴 같은 럼을, 드라이하게 마시고 싶다면 탈리스커 같은
    싱글몰트 위스키를, 상큼하고 향긋한 느낌을 경험하고 싶다면
    엘더플라워를 베이스로 한 생제르맹을 추천한다.

3   아이스크림과 위스키를 음미하듯이 천천히 떠먹는다.

Won jae Hee

Ψ♀

첫 미역국

원재희

좋아하는 것을 더 좋아하고 싶습니다.
'미식가'라기 보다는 '호식가'이고,
평양냉면을 제일 좋아합니다.
글을 쓰면서, 타자를 치는 만큼 침을 삼킵니다.

instagram @1jh.wonderland

누군가의 생일이라는 알림이 뜨면 생일 축하 메시지에 '미역국 맛있게 먹고.' 같은 말을 덧붙인다. 식탁 위에 미역국이 올라오면 "엄마 오늘 누구 생일이야?"라고 묻는데, 엄마는 "생일이어야만 미역국 먹냐?"라며 우문현답을 한다. 우리 가족은 생일이 아니어도 미역국을 자주 먹는다. 전부 미역국을 좋아하기 때문이다. 고기 없이 오롯이 미역만 들어가 있는 미역국에 들깻가루를 과하다 싶을 만큼 넣어 먹는 게 우리 집만의 방법이라면 방법이다. '호롤롤로' 소리를 내며 입 속으로 하나 가득 들어오는 미역을 앞니로 자르면 약간의 질큰함이 턱으로 전해진다. 질큰한 미역을 '처벅처벅'거리며 미역을 씹어 넘긴다. '호롤롤로'를 시작으로 '질큰', '처벅처벅', '꿀떡'을 연이어 한 사발을 먹으면 마음도 배도 든든해진다. 불어난 미역만큼 내 배도 불어나 있다.

미역국은 생일의 아이콘이다.

막상 나를 낳기 위해 힘을 쓴 사람은 나의 부모일 텐데 미역국은 그날을 전혀 기억하지 못하는 내가 먹는다. 미역국을 먹을 때마다 그날의 분위기는 어땠을까 생각한다. 기억을 해보려 애를 써도 생각나지 않는 그날을 말이다. 그와 반대로, 내가 직접 끓인 첫 미역국은 잊으려 애를 써도 잊히지 않는 기억 중에 하나다. 왜 소중한 기억보다 소중하지 않은 기억이 더 오래 남아 있는지 모르겠다. 잊으려 애를 써서인지 모르겠지만, 내 기억 속에 깊게 자리하고 있는 충격과 공포의 그날이 처음으로 미역국을 끓인 날이다.

엄마는 요리를 꽤 잘했다. (엄마가 해준 음식이 특별히 맛없었던 적이 없기에 나는 꽤 잘한다고 표현한다.) 뚝딱거리면 내 입에 잘 맞는 음식이 식탁 위에 차려졌다. 미역국도 마찬가지였다. 미역을 불리고 물을 넣어 끓이면 된다는 엄마 말만 믿고 아주 간단한 음식이라고 생각했다.

학교를 다녀와 저녁을 먹어야 하는데 이상하게 미역국이 먹고 싶었다. 먹고 싶었다기보다 요리하는 채널을

봤었던 까닭에 부엌에서 무언가를 만들어보고 싶었던 게 더 컸던 것 같다. 마침 집에는 아무도 없었다. 부엌의 주인이 없으니 좀 휘저어봐도 되겠구나 싶은 절호의 날이었다. 내가 할 수 있는 게 뭐가 있을까 생각하다가 한 줄로 설명이 끝났던 미역국이 생각났고, 열의에 찬 얼굴로 찬장을 뒤지기 시작했다.

버석하게 마른 검정색의 미역이 커다란 자태를 뽐내며 누워 있었다. 옳다구나 싶었다. 미역을 찾는 게 제일 힘들 거라 생각했기 때문이었다. 커다란 미역 봉지를 꺼내 입구를 가위로 자르고 보니 꽤나 난감했다. 당시에는 스마트폰이 없어서 레시피를 검색해보기도 어려웠기에 난생처음 마른미역을 마주한 나는 대체 이게 미역국의 미역과 얼마나 다른 미역인지 감이 오지 않았다. 에라 모르겠다는 심정으로 반을 '뿍' 하고 부숴서 파란색 플라스틱 바가지에 담았다. 물에 불려야 한다니 수돗물을 틀어 물을 최대치로 담아 미역을 담갔다. 바가지 위로 튀어나온 부분이 영 거슬려서 다시 그 부분을 반으로 '뚝' 부러뜨려 물속에 잠기게 했다. 바가지에 담긴 미역을 보고 있자니, 왠지 이 미역국이 성공적으로 끝이 날 것 같아서 조금 설렜다. 윗입술 속에 감춰두던 덧니가 살짝 나왔던 것 같다. 엄마 레시피에 의하면 절반은 끝난 거니 말이다.

미역이 불어나길 기다리며 잘랐던 미역 봉지를 깔끔하게 봉하고 다시 찬장에 넣었다. 미역을 자르느라 지저분해진 부엌을 행주로 깨끗하게 닦았다. 요리는 청결이라고 했던가? 그렇다면 나는 또 성공적이었다. 반짝거리는 부엌을 바라보며 요리사인 나의 됨됨이에 자아도취에 빠졌다. 다음으로 해야 할 일이 무엇일까 생각하다 미역국을 끓일 적당한 냄비를 찾는 것으로 다음 단계를 밟았다. '오늘은 내가 요리사가 되는 날' 혹은 '너구리 한 마리를 몰고 나가는 날' 외에는 가스불을 켜본 적도 없던 나는, 미역국을 끓이기에 적당한 냄비가 뭔지도 몰랐다. 1인용 냄비 말고는 꺼내본 적도 없었다. 일단 기억을 상기해서 엄마가 미역국을 끓일 때마다 사용했던 커다란 냄비를 찾아봤다. 높이가 한 뼘 이상인 냄비였다. 가스레인지 밑의 서랍을 열어봤다. 냄비들이 깊은 순서대로 마트료시카(러시아 전통 인형)마냥 차례대로 담겨 있었다. 중간치 중에서 필요한 냄비를 꺼내 가스레인지 위에 올렸다. 중간중간 개수대 속 파란 바가지 안의 미역들을 확인했는데 그때까지는 큰 문제가 없었다. 국이니 물이 필요할 것 같아서 냄비에 수돗물을 받았다. 늘 완성된 미역국만 봤던지라 거의 냄비 입구까지 찬물을 콸콸 틀어 받았다. 받고 나니 물 양이 꽤 많은 것 같았다. 그러면 끓는점 100도가 되기까지는 시간이 오래 걸릴 듯싶어 미리 물을 끓이기 시작했다. 정말 내가 천잰가 싶었다. 어떻게 첫 요리에 이렇게까지 머리를 잘 쓸 수 있을까. 어릴 때 내 아이큐가 유치원에서 전체 2등을 하는 바람에 엄마가 원장 선생님께 불려 가고 영재학교에서 영입을 하고 싶다고 할 정도였다더니 그게 진짜였나 싶은 순간이었다. (실제로 우리 가족은 이 문제로 긴급 가족회의를 했었고, 영재로 키우고 싶지 않았던 부모님의 의견에 따라 일반학교로 진학했다. 엄마는 언제부터인가 "아이큐는 아무짝에도 쓸모없다"는 이야기를 여기저기 하고 다닌다. 그럴 때마다 나는 못 들은 척 방으로 들어가 방문을 닫는다. 삼촌과 고모는 "재희는 아직도 머리가 좋은데 갑자기 안 좋아진 집안 사정 때문에 뒷받침을 못 해줘서 그래."라고 하신다. 나는 자주, 우리 집이 폭삭 망한 것에 감사한다.)

이젠 더 이상 할 것이 없었다. 미역국 그까짓 것 정말 별것도 아니구나 싶었다. 엄마에게 "앞으로 미역국은 내가 끓일게!"라고 할 참이기도 했다. 앞으로 닥칠 미역국에 관한 수많은 문제를 풀지 못할 거라고는 일절 생각 하지 않았다. 여기까지는 아주 좋았다.

첫 번째 문제가 닥치기 직전, 작은 이상함을 감지했다. 파란 바가지에 고이 접어놓았던 미역이 개수대로 흘러 넘치기 시작했기 때문이다. '아니 이게 왜 이러지?' 바가지 탈출을 시도했다고밖에는 볼 수 없는 상황이었다. 살아 숨 쉬는 해산물도 아닌 것이 왜 슬금슬금 바가지 밖으로 흘러나와 있는지 영문을 알 수가 없었다. 젖은 머리를 걷어 올리듯 주섬주섬 미역을 훔쳐 올렸다. 약간의 식은땀이 콧잔등에 맺히기 시작했고 머릿속에는 물음표들이 미역마냥 가득 채워졌다. 아무리 생각해도 내가 무엇을 잘못했는지 알 수 없는 채로 더 큰 바가지를 찾았다. 우리 집에 있던 바가지 중에 제일 큰 주황색 바가지에 미역들을 옮겨놓고 나니 냄비 속 물이 기포를 뿜어내기 시작했다. 갑자기 닥친 이 상황들에 초조해지기 시작했다.

다시 미역을 들어 올려봤다. 옆에서는 이제 95도는 됐을 물이 곧 팔팔 끓기만을 기다리고 있고, 들어 올린 미역에서는 바다 향이 났다. 그 순간, 엄마의 미역국에서도 바다 향이 났었던 것 같은 기억의 오류가 나의 똑똑한 뇌에 침범했고 나는 그대로 미역 끄댕이를 잡아 냄비에 넣었다.

'차악~!'

불이 꺼졌다.

생각지도 못한 상황에 한 발 뒤로 물러서 이 장면을 방관했다. 가까스로 정신을 차리고 가스밸브를 먼저 잠갔다. 와중에 뜨거운 물이 살에 튀지 않았음을 다행이라고 여겼다. 이제 어떻게 해야 하는 건지, 내가 뭘 그렇게 잘못한 건지, 미역국 하나 먹겠다는 건데 그걸 이렇게 안 도와주나 싶어서 미역과 냄비에 원망스러운 눈빛을 보내며 걸레로 물기를 닦았다. 닦으면서 어디서 잘못됐나 다시 생각해봤다. '아, 미역을 넣을 공간이 필요했는데 내가 물을 너무 많이 담았구나.' 하는 깨달음을 얻었다. 진정하고 국자로 물을 빼냈다. 적당히 뺐다고 생각하고 침착하게 가스불을 다시 켰다. '이제 됐겠지.'

다시 문제가 닥친 건 얼마 가지 않아서다. 펄펄 끓는

미역국 앞에서 바다가 느껴졌기 때문이다. 엄마의 미역 국에선 한 번도 이렇게까지 바다가 생각난 적이 없었다. '왜 이렇게 바다가 가까이 있는 것 같을까?' 미역이 해조 류이긴 하지만 지금 이 정도의 향은 거의 마른미역이 되기 전 모습으로 돌아간 것과 진배없을 정도였다. 이 바다 향의 근원에 대한 문제는 풀 수 없었으나 시각적 모습은 생각보다 미역국의 자태를 하고 있었다. '그래, 모로 가도 서울만 가면 된다.' 내가 하고자 하는 음식은 미역국이니 결과가 미역국이면 됐다.

제법 팔팔 끓였다. 끓이다 보면 바다 향이 날아갈까 싶어서였는데 갈매기만 없을 뿐 우리 집 부엌에서는 바다가 고스란히 느껴졌다. 엄마가 반찬을 할 때만 사용하는 넓적한 숟가락으로 국물을 떠먹어봤다. 지금 생각해보면 간이라고 할 것은 어떤 것도 첨가하지 않아놓고 천연덕스럽게 간을 본답시고 한 술 떠 호로록 먹은 것이 정말 어이가 없지만 그때는 아주 진지했다.

'호로록.'

"으악, 웩, 퉤, 으." 호로록 한 번에 육성으로 욕이 튀어나올 뻔했다. 1년에 한두 번 할까 말까 한 욕인데, 그 욕이 순간 튀어나올 뻔했다. 생선이 담겨 있던 바닷물을 한 숟가락 먹은 줄 알았다. 짭짜름함을 넘어 비릿함을 가득 품은 바다가 내 입 속으로 들어왔다. 어떻게든 문제를 풀어나가기 위해 간장을 몇 스푼 넣었다. 미역국 한 솥에 간장 몇 스푼은 계란으로 바위 치기였겠지만 멀건 국물이 갈색 빛을 띄기 시작했다. 왜 또 색은 살포시 변해 내 마음도 다시 희망으로 변하게 만들었는지. 다시 한 술 떴다. 두 번째 욕이 튀어나올 뻔했다.

팔팔 끓어오르는 미역국 앞에서 내 머리도 팔팔 끓었다. 울고 싶었다. 분명 '미역을 불려서'도 잘했고, '물 넣고 끓이는 것'도 잘했는데 왜 내 앞에는 이런 미역국이 있는지 억울했다. 또 다른 문제를 마주할 용기가 없었고 다시 그 문제를 풀고 싶은 마음도 없어서 불을 껐다. 악마같이 부글부글거리던 미역국이 잠잠해졌다. 그래도 처음으로 한 요리인데 싫어서 국그릇에 가득 퍼 담아봤다. 그래도 음식인데 참고 먹으면 먹을 수 있겠지 싶었다.

식탁에 앉아 비릿함이 그대로 남아 있는 미역국을 쳐다봤다. 조심스레 한 수저 입에 넣고 나는 그대로 개수대로 가져가 내다 던졌다. 한 냄비 이상의 미역국도 그대로 쏟아 버렸다. 하수구에는 미역이 넘실거렸고, 나는 그날 엄마에게 호되게 혼났다. 그때 나이 21살이었다.

그 뒤로, 10년도 더 지난 지금까지 미역국을 끓여보겠다고 설치지 않았다. 하지만 그날 엄마가 혼내면서 알려줬던 미역국 레시피는 잊지 않고 있다. 엄마가 읊어주는 순서를 되새기며 오답풀이를 했다. 정답이었던 것은 찬장에서 미역을 찾아낸 것 외에는 없었다. 부엌에서 뚝딱하면 자판기처럼 음식이 나오던 엄마에게 처음으로 대단함을 느꼈다.

누구에게나 처음은 있다. 엄마는 내 생일이 돌아올 때마다 미역국을 끓이며 내가 기억하지 못하는 나의 첫날을 생각할 것이고, 나는 엄마의 미역국을 먹을 때마다 나의 첫 미역국을 생각하며 엄마에 대한 감사함을 상기한다. 요즘은 미역국을 먹을 때마다 엄마에 대한 감사함을 느끼듯 엄마도 미역국을 끓이는 동안에 행복함이 흐르길 소망하고 있다. 그런 딸이 되고 싶다.

엄마의 미역국 레시피
그리고 오답노트

첫째, 한 주먹 정도의 마른미역을 물에 불린다.

- 한 주먹이면 됐을 것을 40인분의 절반을 불렸었다.

둘째, 불린 미역은 깨끗한 물에 여러 번 헹군다.

- 바다에서 올라온 그대로 말려진 미역은 먹기 위해 여러 번 헹궈야 한다. (세척미역이 있는지는 모르겠다.)

셋째. 헹구면서 가위로 미역을 적당한 크기로 자른다. (우리 집은 좀 크게 자른다.)

- 적당히 자르지 않으면 미역이 다시 살아날 수도 있다. (요즘은 잘린 건미역이 나온다.)

넷째, 참기름에 미역을 넣고 달달 볶다가 물을 붓는다.

- 물에 미역을 넣는 것이 아니라, 미역이나 쇠고기를 먼저 볶다가 물을 붓는 거였다. 그럼 물 넘칠 일도 없다.

다섯째, 국간장으로 간을 한다. 국간장을 넣으면 너무 진해지니 나머지 간은 천일염으로 한다. (다진마늘을 넣기도 한다.)

\- 나는 국간장과 진간장이 뭣에 쓰이는 것인지 몰랐다. 같은 간장인 줄 알았다. 뭣이 중헌지도 모르면서 미역국을 먹겠다고 설쳤다.

여섯째, 들깻가루를 과하다 싶을 만큼 뿌린다. 외할머니는 미역국에 텁텁하게 왠 들깻가루냐 하는데 우리 가족은 모두 들깻가루가 치아에 낄 정도로 들어간 것을 좋아한다.

\- 간장처럼 그게 들깻가루인지 뭣인지 얼마 전에야 알았다. 당시엔 들깻가루가 들어가는지는 묻지도 않았다. 미역에서 나오는 자연 조미료 같은 것인 줄 알았던 것 같다.

ju ye seul

빵

오늘은 뭐 주꼬?
지극히 평범하지만 충분히 특별한, 찹쌀도나스

주예슬

라디오 작가를 꿈꾸던 매일의 마음과 생각을 모아서,
2017년 시세이집 <마음옷장>과
2019년 말글집 <생각옷장>을 출간했습니다.
꿈은 이루었지만, 이제는 직업을 꿈꾸기보다 마음을 말하고
삶을 기록하는 꿈을 꿉니다. 매일 쓰고 싶은 사람입니다.

instagram @seulyeju

오늘은 뭐 주꼬?

부산 연제구 연산동에는 '연동시장'이라는 전통시장이 하나 있다. 규모는 그리 크지 않지만, 오랜 시간을 머금은 채 그 자리를 지키고 있는 곳이다. 나는 초등학교 3학년 때까지, 시장통 중간에 있는 김치가게 2층에서 살았다. 가게 안으로 들어가면, 총 2층 높이의 주택이 나왔다. 가게 자체가 대문인 셈이다. 꽤 널찍한 마당도 있는 방 2칸짜리 우리 집은, 시장 풍경이 살짝 내려다보이고 현관문 말고도 부엌으로 바로 통하는 작은 현관문 하나가 더 있었다. 부엌과 안방은 몸을 살짝 구부려야 하는 높이의 아담한 미닫이문으로 연결되어 있었다. 집의 내부 모습은 가물가물하지만, 어린 나의 시선으로 보았던 가족들과 집 안 곳곳의 일상들은 오랜 여운으로 남아 있다. 분명 기억은 거의 낡아버렸는데도 시선에 담았던 장면들은 소리와 공기마저 생생하게 떠오른다.

등곳길에는 아침 장사를 준비하는 가게들과 분주한 사람들을 구경하고, 하곳길에는 장 보러 나온 온 동네 사람들로 북적북적하던 시장통을 이리저리 누비고 다니는 재미가 쏠쏠했다. 아직 잠에서 깨지 않은 고요한 시장 길에는, "재첩국 사이소~!" 아주머니의 목소리가 알람처럼 울리곤 했다. 시끌시끌 고춧가루 빻는 소리와 코를 찌르는 매운 내가 그득하던 방앗간과, 콩나물 천 원어치에 덤으로 풋고추를 한 움큼이나 더 주는 부식가게의 정다운 손길, 겨울이면 "뻥이요~. 펑!" 하고 사방으로 강냉이(튀밥)들이 눈처럼 튀어 오른다. 시끌벅적하지만 시끄럽지 않은 그곳에 우리 집이 있었다. 사람과 사람이 뒤엉켜 정을 주고받으며 삶을 나누어도 되었던 그때, 가장 정이 넘치던 곳이었다. 아직도 그 온기를 잊지 못하는지, 매일의 일상에서 주고받던 따스한 정이 그리울 때가 종종 있다. 까치발 들고 어깨너머로 구경만 하던 것이 '정'이라는 걸 알게 되었을 때쯤, 알게 된 것이 하나 더 있었다. 매일 보아도 보고 싶은 존재와 또 하나의 내 자아를 만난 것이다. 그것은 바로 빵과 빵순이라는 또 하나의 나였다.

시장통에 살면서 엄마는 시장 안에 있는 가방집 이모와 속옷집 이모랑 친하셨다. 내가 학교에서 돌아올 무렵이면, 종종 이모들 가게에서 시간을 보내고 계셨다. 집으로 가는 방향에 가게들이 있기 때문에, 엄마는 지나가는 나를 아주 쉽게 발견하셨다. "예슬아!" 엄마의 부름에 가게로 들어가면, 엄마는 나의 책가방을 벗기면서 말했다. "딸래미, 배고프제~?" 동시에 얼른 간식 먹자며 오백 원, 천 원씩 주셨다. 그럼 나는 뒤도 돌아보지 않고 곧장 빵집으로 갔다. 누가 시키지도 알려주지도 않았는데, 1초의 망설임도 없이 나의 발걸음은 항상 한곳으로 향했다. 시장 입구 쪽에 있는 빵집까지 한달음에 도착하면, 듣기만 해도 벌써 갓 구운 빵 한입 베어 문 것마냥 기분 좋은 인사가 나를 반겨주었다.

"안녕하세요~."
"아이고! 빵순이 왔나~. 오늘은 뭐 주꼬?"

빵집 사장님의 정다운 물음에, 매일 아침 "같은 걸로요."라고 똑같은 커피를 주문하는 단골손님처럼 "네, 요길로 주세요." 하고 늘 똑같은 빵을 집어 들었나. 바로 완두앙금빵이었다. 항상 같은 빵을 골라도 '오늘은'이라고 콕 집어 물어봐주시는 사장님의 인사는, 묘하게 기분을 좋게 만드는 힘이 있었다. 초록빛 완두앙금빵을 한 손에 들고 나머지 한 손으로는 오백 원짜리 동전을 내밀었다. 학교를 마치고 돌아오는 길이나, 집에서 어딘가로 나설 때면, 꼭 시장 입구에 있는 빵집에 들러 완두앙금빵을 사 먹었다. (아직도 먹어보지 못한 숱한 빵들이 남아 있지만, 한 가지에 꽂히면 그것만 질릴 때까지 먹는데, 다 이때부터였던 것 같다.)

완두앙금빵. 노릇노릇 봉긋하게 구워져 갈색 빛깔 윤기가 흐르고, 살짝 벌어진 반죽 사이사이에는 초록색 앙금들이 존재감을 드러내고 있다. 빵의 중심에 있는 소보루 가루와 검정깨들은, 마치 *실링 왁스처럼 보였다. 앙금이란 말이 익숙하지 않았고, 완두 앙금이라는 걸 전혀 알지 못했기 때문에 '초록색 팥빵'이라고 불렀다. 그때 알고 있던 빵의 종류는, 식빵•팥빵•크림빵•소보루빵이 전부였다. 팥 알갱이도 하나 없었지만, 크림과 소보루가 아니란 이유로 당연히 팥빵이라고 생각했던 것 같다. 반들반들하고 부드러운 빵 겉면을 베어 물면, 포슬포슬과 촉촉 사이 어딘가 쯤에 있던 완두 앙금이 입 속에 닿았다. 가끔 빵 밖으로 삐져나온 앙금만 맛볼 때면,

혀와 입천장으로 앙금을 으깨가며 먹기도 했다. 고소한 빵과 같이 먹을 때와는 다르게, 완두 앙금만의 단맛을 그대로 느낄 수 있어서 종종 그렇게 먹었다.

완두앙금빵 맛을 가장 돋우어주는 곁들이 음료는 바로 '흰 우유'였다. 흰 우유보다 바나나맛 단지우유와 갈색 토끼가 그려진 초코우유를 가장 좋아했지만, 완두앙금빵 만큼은 흰 우유와 먹었다. 다른 우유들과도 먹어보았지만, 다 먹고 나면 남는 건 우유 맛뿐이었다. 완두앙금빵을 흰 우유와 먹게 된 이유는 따로 있었다. 요즘도 하고 있는지는 모르겠지만, 다니던 초등학교에서 단체로 우유 급식을 신청해서 우유를 받아 먹었다. 하루는 학교에서 미처 먹지 못하고 집으로 들고 온 적이 있었다. 어김없이 나의 초록색 팥빵을 사서 집으로 왔는데, 좋아하는 우유도 타 먹을 수 있는 코코아 가루도 다 떨어지고 없는 상황이었다. 뭐라도 마셔야겠는데 있는 거라곤 책가방 속의 200mL 흰 우유 하나뿐이었다. 식탁에 앉아서 별다른 기대 없이 빵 한 입에 흰 우유 한 모금을 마셨는데, 아니 이게 무슨 맛! 흰 우유의 하얀 맛이 빵과 앙금의 고소하고 달달함과 섞이더니, 입 안에서 솜사탕 녹듯 순식간에 사라져버리는 것이다. 다른 우유들처럼 묵직한 느낌도 없이, 목넘김도 아주 가볍게 말이다. '흰 우유의 하얀 맛은… 이러려고 있는 거구나.' 하고 깨달은 순간이었다. 오롯이 흰 우유를 좋아해줄 순 없지만, 싫어하진 말아야겠다고 조심스레 다짐했던 기억도 난다. 그날 이후로, 천 원이 있을 때마다 200mL 흰 우유도 꼭 같이 샀다. 일명 나만의 '초록색 팥빵 세트'로 사 가는 날이면, 야무지게 묶은 비닐봉지를 앞뒤로 흔들고, 신이 난 두 다리로는 리드미컬한 뜀박질을 뛰며 집까지 돌아갔다.

부산 연동시장 시장통에 살던 초등학생 빵순이에게 '제일' 좋아하는 음식이 있다는 사실은, 언제든 부르면 나와서 함께 놀던 동네 친구가 있는 것처럼 든든했다. 완두앙금빵을 못 보고 안 먹은 지가 옛날 동네 친구들을 못 본 만큼이나 오래되었다. 동네도 시장도 빵도 그대로 인데, 나만 이만큼이나 커서 꽤 멀리 떨어져 있는 것 같다. 아직도 나는 팥 앙금이 들어간 빵을 먹을 때만큼은 흰 우유를 찾는다. 아마도 어린 빵순이와 빵이, 손가락 걸고 약속이라도 했던 모양이다. 크고 작은 기억이 추억이 될 때마다, 떠오를 수 있는 시간들 덕분에 충만하다가도, 그만큼 멀어진 지금이 낯설 때가 종종 있다. 그래도 추억을 거슬러 올라갈 때 스치는 기억들은 어느새 나를 또 든든하게, 더 단단하게 한다. 입맛까지 거슬러 올라가보니 알았다. 내 어린 시절 동네 친구였던 초록색 팥빵이, 그때의 나를 든든하게 해주었고 지금의 나를 단단하게 해주고 있다는 걸. 고맙다 친구야, 내 친구 완두 앙금빵!

*실링 왁스(Sealing Wax)
1. 편지, 포장물, 병 따위를 봉하여 붙이는 데에 쓰는 수지질(樹脂質)의 혼합물.
2. 편지 따위를 밀로 봉함.

지극히 평범하지만 충분히 특별한, 찹쌀도나스

'도넛' 하면 던킨도너츠와 크리스피 크림 도넛이 가장 먼저 떠오를지도 모르겠다. 하지만 내가 아는 나의 최초 도넛은, 도넛 브랜드도 동그란 고리 모양도 아닌 '찹쌀도넛'이었다. 아직도 도넛보다는 '도나스'가 입에 착 달라붙는 '찹쌀도넛.' (국어사전 내 규범 표기는 '도넛'이지만 나의 고향 부산에선 불리던 맛을 살려, 필요한 부분에서는 '도나스'라고 쓰고 싶다.)

오래된 기억 속의 어린 밤, 나는 가족과 함께 차 안에 있었고 어딘가에 멈춰 선 차 창문 틈으로 아빠는 볼록한 하얀 종이봉투를 건네주셨다. 그 속에 담긴 것이 바로 찹쌀도넛이었다. 가게 앞에 잠깐 차를 대고 주문을 하고, 아빠는 늘 뒷좌석 창문으로 언니와 내게 먼저 한 봉지를 건네주시고는 운전석에 재빠르게 다시 타셨다.

그 모습이 아직도 또렷하게 생각난다.

　김이 모락모락 피어오르고 설탕가루가 달콤하게 반짝이던 나의 최초의 도넛 '찹쌀도나스.' 온 가족이 총출동해서 종종 사 먹으러 갔던 곳은 부산 영도구에 있는 '이모네 도나스'라는 곳이었다. 원래는 동네 가정집에서 시작된 가게였다. 내 기억으론 안쪽에서 아저씨가 도넛을 만들면 아주머니와 따님이 입구에서 장사를 하는 방식으로, 가족이 운영하는 곳이었다. 그러다 도시 계획으로 집이 철거되면서 가게는 이전하고 주인도 바뀌었다. 영도 흰여울 문화마을에서 영선로타리 방향으로 이전하여, 지금도 영업 중인 걸로 알고 있다. 이전 주인과 어떤 관계인지는 모르겠지만 옛날 도넛 종류 그대로, 맛도 그대로라는 점이 정말 신기할 따름이다.

　그리고 또 다른 '찹쌀도나스'가 하나 더 있다. 바로 뜨끈한 콩국에 담겨 있던 겉바속쫄(겉은 바삭하고 속은 쫄깃한) 고소한 찹쌀도넛이다. 부산 수영구 '수영 팔도시장' 입구에는, 찹쌀도넛을 띄운 뜨끈한 콩국을 팔던 리어카가 있었다. 동그란 찹쌀도넛을 한 입 크기로 잘세 잘라, 콩국 건더기마냥 동동 띄워 주었다. 일회용 숟가락으로 콩국과 도넛을 함께 떠서, 입 안으로 호로록 넣으면 바삭한 도넛 겉면의 고소함과 쫄깃한 찹쌀의 식감이 뜨끈한 콩국의 구수한 맛을 더해주었다. 우리 가족은 출출한 저녁 시간이면, 피자나 치킨보다 1인 1콩국을 즐겨 먹었다. 가까운 거리는 아니었지만 집에 있다가도 일부러 나가거나, 집으로 돌아오는 길에 이곳을 지나는 길이면 꼭 들렀다 오곤 했다. 이 찹쌀도넛이 더욱 빛을 발하는 계절은 바로 겨울이었다. 추운 겨울이면 차 안에서 호호 불어가며 식혀 먹던, '찹쌀도나스 콩국.' 뜨듯한 콩국 국물과 찹쌀도넛은 마치 가래떡과 조청, 나초와 치즈 소스처럼 환상의 조합이었다. 가끔 1인 1콩국이 아닌, 2인 1콩국일 때가 있다. 그런 날에 어쩌다 콩국 한 스푼에 찹쌀도넛 두 덩이가 입 안으로 들어올 때면, 옆에 있는 언니에게 들킬까 봐 괜히 더 조용히 오물오물 씹어 먹었던 기억이 난다.

지극히 평범하지만 충분히 특별했던 나의 찹쌀도나스. 단순히 자주 먹던 가족 간식에서 이곳에 써 내려갈 만큼 의미가 생겨버린 이유는 바로 아버지 때문이다. 내가 태어날 때부터 아빠는 택시 운전을 하셨다. 부산 영도에서 태어나고 자라, 30여 년 동안 부산 곳곳을 운전

해오신 아빠는 언제나 맛있는 곳을 많이 알고 계셨다. 요즘 말로 *뇌피셜 맛집 리스트라고나 할까. 유명한 곳은 당연했고, 아빠만 알고 있는 곳들이 꽤 많았다. 방송작가 일을 하면서 주워들은 이야기가 있다. 맛집을 섭외할 때 가장 신뢰할 만한 곳은, 그 지역 택시 기사님들이 자주 가는 일반 식당과 기사식당이라고. 맛은 물론이고 가성비, 가심비까지 두루 갖추었기 때문에 웬만한 TV 정보 프로그램에 한 번씩은 소개되기 마련이라고 말이다. 내게 최초의 도넛을 알게 해준 찹쌀도넛 가게 이모네 도나스도 현지인들만 아는, 소위 말하는 맛집이었다.

대학생이 되어서도 나는 여전히 빵순이였고, 집으로 돌아가기 전에 한 번씩 빵집에 들렀다. 집에 전화해서 무얼 사 갈까 물어보면, 아빠는 찹쌀도넛이었다. 빵을 별로 좋아하지 않는 엄마한테 물어볼 때도, "엄마는 됐고, 아빠 찹쌀도나스나 몇 개 사 온나."라고 말씀하셨다. 영도까지는 못 가도 그렇게 가끔, 근처 빵집에서 찹쌀도넛 몇 개씩을 집어 들어 포장해서 가곤 했다. 평소에는 찹쌀도넛을 먹을 때마다 '어떻게 하면 하얀 설탕을 더 많이 뭉쳐서 함께 먹을 수 있을까' 생각하며 먹었다. 그런데 영두에 가서 먹거나 아빠가 그곳에서 사 온 찹쌀도넛은 이런 생각마저 들 새 없이 그냥 뭔가, 왠지 모를 다른 맛이 느껴졌다. 스치듯 느꼈지만 분명히 맛이 다르다고 여겼던 것 같다. 그렇게 시간이 흐르고 흘러 서른이 되어서야 갑자기, '왠지 모를 다른 맛'이 무엇인지, 어떤 맛이었는지, 그 이유를 알게 되는 계기가 생겼다.

 2017년 가을과 겨울 사이, 우리 가족에게는 감당하기 어려운 소식 하나가 찾아왔다. 건강검진을 했던 엄마의 갑작스런 유방암 판정. 내가 하던 방송작가 일은 프리랜서에 가까웠기 때문에 새벽마다 카페 아르바이트도 같이 하고 있을 때였다. 여느 때처럼 아르바이트를 마치고 카페에서 이런저런 작업을 하려고 준비하는 중에 전화 한 통이 걸려 왔다. 핸드폰 너머로 느껴지던 서늘한 공기. 지금 생각해도 여전히 무겁고 차갑기만 하다. 순간 머릿속이 하얘졌고 무언가에 홀린 듯이 좁은 공간을 찾아 나섰다. 운이 좋게도 알맞은 공간을 빠르게 찾았고, 별안간 밀려오기 시작하는 뒤엉킨 감정들에 휩쓸려 앙 다물었던 눈물을 쏟아내기 시작했다. 시간이 어느 정도 지났을까. 정신을 차리고 보니 이미 해는 지고 주변은 어둑해져 있었다. 그제서야 나는 집으로 돌아갔다. 2녀 중 무뚝뚝한 막내딸이었기 때문에 절대 울지 않을 거라, 다짐에 다짐을 하고서야 현관문을 열 수 있었다. 집

안의 공기는 아주 고요하고 묵직했다. 아빠는 소파에 앉아 계셨고, 거실 바닥에는 서로 부둥켜안고 울고 있는 언니와 엄마가 있었다. 나는 시선을 최대한 멀리 둔 채 어금니를 꽉 깨물었다. 그리고 거실에 앉아 차분하게 말했다. 주변에 간호사로 일하는 친구, 동생들에게 물어보고 방법을 강구해보겠다고. 그리고 용기를 내어 엄마 눈을 보며 말했다. 이렇게 울고 있지만 말고 마음 단단히 먹으라고. 엉뚱한 생각은 하지도 말라고. 그런 나를 보는 아빠와 엄마의 눈빛은 안심하는 듯 보였지만 서운한 기색이 시선 곳곳에 묻어 있었다. 지금도 가끔 그날을 떠올려본다. '나도 그냥 같이 밤새 울어야 했나?' 그때는 슬픔이라는 감정보다는, 나라도 이성적으로 이 상황을 해결해가야 할 것만 같다는 생각이 먼저였다. 다행히 감사한 지인들을 통해 명성 있다는 유방외과 교수님이 계시는 병원에서 검사 날짜와 수술 날짜까지, 큰 어려움 없이 진행할 수 있었다. 수술은 무사히 잘 마치게 되었지만, 그 후로 엄마는 엄마 또래에 비해 기력이 많이 쇠해지셨고, 한 번 더 재수술을 하셨다.

처음 수술 후 2주간 입원을 하셨고, 재수술 후에노 2주 정도 입원을 하셨던 기억이 난다. 두 번의 퇴원을 할 때쯤마다 아빠는, 함께 고생해준 간호사 선생님들께 찹쌀도넛 한 봉지, 찐빵 한 봉지를 양손 가득 사 오셨다. 감사의 마음을 전하는 답례품으로는 보통 베이커리 종류로 카스텔라나 롤케이크가 일반적이라고들 하는데, 아빠는 항상 영도 이모네 도나스로 한가득 사 오셨다. 그리고 가족 중에 프리랜서였던 내가 그나마 엄마의 병실을 하루라도 더 볼 수 있었기 때문에, 아르바이트 스케줄을 여러 번 바꾸어야 했다. 그래서였을까. 내가 일하는 카페를 지나는 길에도 찹쌀도넛이 가득 담긴, 배부른 비닐봉지를 몇 개씩이나 전해주고 가셨다. 일하는 사람 숫자보다도 훨씬 많은 도넛이 담긴 봉지 여러 개를 내 손에 쥐어 주시면서, 이런 옛날 거를 좋아할지 모르겠다며 염려하셨다. 그 순간 나는 알게 되었다. 투박하고 수줍은 경상도 아버지의 얼굴에, 하얀 설탕만큼이나 반짝이는 따뜻한 진심을. 염려하던 손가락으로 힘주어 쥐고 있던, 거짓 없이 반짝이는 단단한 부성애를. 가족을 향한 애틋함 혹은 자식을 향한 애정, 그리고 타인에 대한 고마움. 이 모든 경우의 수 안에서 당신의 진심을 가득 담았던 찹쌀도넛이었던 것이다.

아빠가 사주시는 찹쌀도넛에선, 나만 아는 맛이 난다. 굳이 맛을 보지 않고 바라만 보아도 알 수 있다. 영업용 택시로 운행하는 중간중간 점심, 저녁 식사 시간을 쪼개어 사두었을 아빠의 모습, 소박하지만 소중한 것으로 표현할 줄 아는 마음의 지혜, 공부 1등보다 인사 1등 하는 딸이 좋다 했던 어떤 날의 엄마 아빠. 그런 두 분을 닮기라도 한 듯이 도넛에도 고스란히 담긴, 깊고 진했던 나만 아는 찹쌀도나스 맛. 역시 세상에 당연한 것은 없었고, 어른이 되고 시간이 흐르면 알게 될 거라는 말도, 깨달음은 늦다는 말도 어느 정도 맞는 말이었다. 결국 아픔과 슬픔을 겪어야만, 평생 알아도 모자랄 것들을 그제야 조금 알게 되니까 말이다. 그러니 세상에는 의미 없는 순간은 없지 않을까. 모든 것에 의미가 있어야 할 필요는 없지만, 그 무게가 싫어 일부러 지워버리거나 잃어버리거나 억지로 잊어버리지는 않았으면 좋겠다.

먹고 나면 사라질 음식 하나가 당신의 진심이 되어 주변 사람들에게 달콤한 맛을 뿜내고, 입 안에서 맘속까지 쫄깃하게 가닿있을 때, 누구나 아는 맛에서 나만 아는 맛으로 기억될 것이다. 나도 다음의 누군가에게 전해주고픈, 지극히 평범하지만 충분히 특별한 나의 찹쌀도넛의 맛. 이 글을 읽는 이에게도 지극히 평범하지만 충분히 특별했기를 바란다.

* 뇌피셜(腦official)
　주로 인터넷상에서 객관적인 근거가 없이 자신의 생각만을 근거로 한 추측이나 주장을 이르는 말. 규범 표기는 미확정.

앙금빵 맛있게 먹는 방법

　팥 말고도 앙금 종류가 들어 있는 빵들은, 흰 우유 또는 아메리카노와 드셔보세요. 앙금의 단맛은 더 달게, 빵은 부드럽고 고소하게 만들어준답니다. 꼭, 입 안에 빵 한 입을 머금은 채 음료를 들이켜보세요. 서로가 어우러지는 맛을 고스란히 느낄 수 있을 겁니다.

집에서 찹쌀도넛 콩국 맛보는 방법

베지밀이나 두유 종류를 전자레인지로 살짝 데워주세요. 찹쌀도넛을 한 입 크기로 잘라서, 데워진 콩국에 띄웁니다. 숟가락으로 콩국과 도넛을 같이 떠서 드셔보세요. 꼬소하면서도 달달한, 묘한 맛을 느끼실 수 있을 거예요.

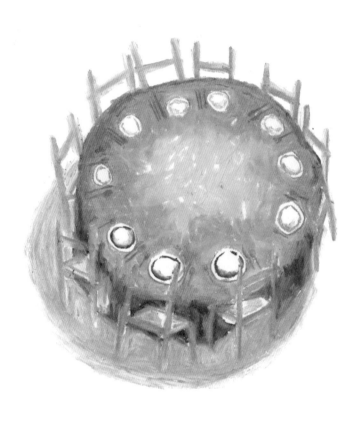

Lee HaK juN.

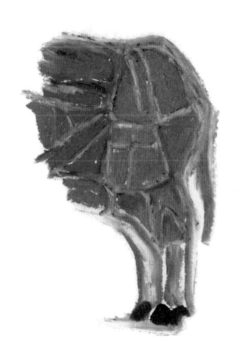

🍴

소고기

이학준

본능처럼 글을 쓰게 됐고, 이것이야말로 행복이란 걸 깨달아,
나는 이제 글을 써야지만 비로소 행복한 사람입니다.

instagram @hakduri

이모 집의 제법 큰 마당에는 별 구경거리란 없다. 깔린 흙 색깔은 노랗고, 아까 들어올 때도 짖었지만 입구엔 개 한 마리, 열댓 마리 소들이 사는 축사, 언제나 나보다 어른 같은 감나무. 마당 아무데나에 오줌을 싸던 그 꼬맹이가 지금 나인 줄은 누구도 눈치 못 챘다. 거실 창문으로 가만히 마당을 보다가

"음메~!"

한 마리가 울자 여러 마리가 따라서 울어준다. 그리고 사이좋게 울음들을 그치는데 어쩐지 나는 마당 한쪽 감나무 그늘 아래가 포근하지가 않다.

나는 소들한테 볏짚을 주는 것도 벌벌 떠는 꼬맹이였다. 방학 때마다 이모 집에 와서 살았어도 태어나길 꼬맹이라서 그랬다. 그러나 한 마리도 안 빼놓고 다 순

하다는 걸 모르진 않았다. 나만 겁내지 않으면 하는 행동들이며, 목소리, 눈동자까지 소들은 다 순해빠졌다.

구경거리 없는 이모 집 마당에 구경거리라도 생긴 줄 알았다. 거실 창문 밖을 내다보자 논농사 차림의 이모부, 비슷한 차림의 아저씨들이 모여 있었다. 무슨 단단한 채비 같은 게 느껴졌다. 그리고 잠시 뒤 마당 한가운데로 등장한 건 도끼. 거실 안 꼬맹이는 당연히 주눅이 드는 커다란 무기였다. 아저씨들 중에 힘세 보이는 두 명이 그걸 가지고 실랑이를 벌인다. 서로가 나선다는 것 같기도, 서로에게 미루는 것 같기도 했다.

고삐를 쥔 이모부를 따라 소 한 마리가 축사 바깥을 나온다. 당장 마당에는 낯선 아저씨들이 포진해 있지만 소는 이모부가 끄는 대로 걸음을 옮긴다.

"음메~!"

아저씨들이 맨몸으로 소를 향해 달려든다. 무슨 작전인지는 몰라도 소를 바닥에 쓰러뜨리려는 것 같았다. 고삐를 쥐고 있는 이모부마저도 아저씨들 편이다. 훨씬 힘이 센 소는 발버둥을 치지만 점점 힘이 빠지고 한 번 무릎을 굽히고 마는데, 그 순간 도끼를 맡은 아저씨가 번쩍 도끼를 들어 올려 소의 목을 내리찍는다. 소는 죽기 직전에 정말로 눈물을 흘리면서 죽는다. 철봉 몇 줄로 울타리 친 축사 안의 다른 소들이 멀뚱거리면서 밖을 내다본다. 소는 죽기 직전에 정말로 눈물을 흘리고 죽는다. 거실에 달린 커다란 창문으로 나도 그 모습을 보다가, 말다가 했다.

사냥을 끝낸 아저씨들이 이번엔 홀가분한 차림으로 마당에 모여들었다. 저 마당 한쪽 구석 나무 평상을 둘러쌌는데 숫자가 아까보다 늘어난 것도 같았다. 도마와 칼을 꺼내 온 이모부가 붉긋붉긋한 고깃덩어리를 방식 없이 썰기 시작한다. 그러자 아저씨들은 자기 몫이라는 듯 각자 한 점씩을 가져간다. 그런데 왜 날것이냐고 따지지를 않는다. 나는 날것의 몫이 있을 수 있다는 걸, 다시 말해 '육회'라는 음식에 대해서 전혀 알지를 못했다. 죄책감 없는 표정으로 다들 날것인 고기를 삼킨다. 당시 꼬맹이로서는 순했던 소 한 마리를 잃은 축사가 자꾸 눈에 들어왔다.

이모 집 동네는 집집마다 크고 작은 축사 하나씩이 있는, 소로 유명한 동네였다. 누구네 집에서 소를 잡는 다고 하면 동네 아저씨들 여럿이 달려가서 도와주고, 잡 은 집은 고마움의 표시로 고기를 올려 술상을 차렸다. 그러니 이모 집 마당에서도 술상이 펼쳐져야 했다. 나는 육회라는 음식이 있다는 걸, 그때 강제로 알게 되었다.

남은 방학 숙제를 하기 위해 우리 집으로 돌아간다. 출발하기 전에 이모는 검정색 커다란 비닐봉지를 차 안 에 싣도록 했다. 집으로 돌아온 저녁, 엄마와 아빠가 거 실로 칼과 도마를 가져온 뒤 비닐봉지에서 고깃덩어리 들을 뺀다. 썰어서 소분해서 얼려놓기 위함이라는데, 나 는 자연스럽게 이모 집 나무 평상의 일이 떠올랐다. 하 필이면 내가 볼 수 있는 거실에서 하는지 엄마 아빠가 원망스러웠다.

그리고 이모 집 식탁만큼이나 우리 집 식탁 위에도 자주 소고기가 올라왔다. 한 봉지씩 얼려놨던 걸로 국을 끓여줄 때가 제일 많았다. 그런 때는 나도 속아서 잘 먹 었다. 그러나 이건 국으로 끓이기 아깝다면서 구워 먹자 고 할 때, 나는 문득 정신이 들었다. 아주 살짝 익힌 걸

벌써 다 익은 거라며 먹어도 된다고 한다. 소한테 볏짚도 못 주겠다던 꼬맹이와 지금 이것과는 상관이 없는데, 상관있는 것처럼, 나는 못 먹겠다고 했다.

엄마보다도 훨씬 나이 많은 우리 이모, 그리고 이모부. 농사와 더불어 해야 하는 축사 일을 세월은 맡아주지를 않고, 축사 안은 빈 공간이 점점 늘어갔다. 때마다 이모 집에서 보내주던 소고기를 우리 집 식탁 위에서 발견하기란 어려워졌다. 그렇디고 식당에 기서 사 먹는 일은 전혀 없었다. 집에서는 귀한 손님일 뿐 아니라, 주변에서도 워낙 값비싼 음식이라 말들 하니, 어른이 되어서는 나도 그런 소고기를 속절없이 겁내지는 않았다.

"처남이 오늘 많이 도와줬으니까 소고기 한번 먹자."

결혼을 앞둔 누나의 신혼집 청소를 도왔다. 아주 간단한 일을 했는데, 내 매형이 될 형님이 소고기를 사주겠다고 그런다. 세 글자로 '소고기'라면 정확히 어떤 음식을 밀하는지 몰라서 짐자고 따라나섰다. 긴판이 고급스러운 식당 앞인데, 문을 열고 들어가자 이상하게도 냉장고들로 꾸며진 정육점이었다.

"자 먹고 싶은 거 골라보자."

드라이아이스가 나오는 진열대에는 부위별로 포장 된 생고기가 가득했다. 형님과 누나는 벌써 고기 팩을 들었다 놨다 하면서 열심히 고르고 있다. 나는 안심, 꽃 등심은 그래 알겠고, 살치살, 부챗살, 안창살… 이것도 들어는 봤는데, 도저히 맛을 모르니까 고를 수 없었다. 그러다가 팩에 찍힌 가격을 보고 나서는 고르기를 포기 했다.

둘이 고르는 걸 실컷 구경하고 나니 2층으로 올라가 야 했다. 비로소 2층이 테이블로 가득 찬 식당이었다. 그 중에 하나를 골라 앉고 숯불이 오기까지 기다린다. 생각 해보니까, 꼬맹이 때 집에서나 구워 먹었지 소고기를 구 워 먹는 식당에는 와본 적이 없다. 가족 옆구리에 착 달 라붙어 있었음 몰라도, 고등학생 때부터 지금까지 내리 타지 생활이니까.

"아까 육회도 시켰으니까 많이 먹어 처남."

하는 동시에 육회가 도착했다. 형님이 일부러 육회 접시를 내 쪽으로 옮겨준다. 그러나 먹어본 적 없는 나는, 육회를 처음 안 날 이모 집 마당을 상상했다. 가슴팍의 테이블이 그날 이모 집 나무 평상을 좁혀놓은 것 같아, 나도 또르르 줄어들었다. 꼬맹이 티를 벗으면서 동시에 소고기에 대한 두려움 같은 것도 사라진 줄 알았는데, 지금 젓가락이 너무 무거웠다. 먼저 맛을 본 누나와 형님은 이 집 육회 잘한다고 칭찬들이다. 결국 날것에 대한 불안을 못 쩌고 나도 한 짐… 집이 먹었다.

여러 팩을 구워 먹고도 모자라 1층을 다시 내려왔다. 나는 형님이 구워주는 대로 받아먹기만 해 아까 그게 등심이었나 안심이었나 다 까먹었지만, 이번에는 나도 직접 골라봤다. 소고기를 두려워했었다 밝혔다간 절단이 날 만큼 나는 잘 먹고 있었다. 심지어는 바로 앞에 놓인 육회 접시도 내가 거의 비웠다. 처음 먹어본 육회는 이모 집 마당에서 벌어진 일과 상관없이 '이 집 잘한다.'가 말로 나왔다. 다들 이래서 소고기를 찾는구나. 열심히 고른 팩들을 들고 2층으로 뛰어 올라갔다.

깔린 흙 색깔은 노랗고, 들어서면 개 한 마리가 짖고, 빈 공간이 늘었지만 축사 안에는 소들이 살고, 또 어른스러운 감나무. 그러나 나는 이제 육회도 먹을 만큼 꼬맹이가 아니어서 꼬맹이 때 그대로인 마당을 보는 게 자꾸 미안해졌다.

"음메~!"

한 마리가 우니까 역시 여러 마리가 따라 울어준다. 그리고 울음들을 그치는데, 마당 아무데나에 오줌을 갈기던 그 꼬맹이로구나 하는, 사실은 소들끼리 비웃음이었다.

소고기 맛있게 굽는 법

1   질 좋은 소고기와, 적당한 화력, 깨끗한 불판, 국산 기름장에 국
    산 소금, 기호에 맞는 반찬.

2   손위든 아래든 본인이 나서면 가장 좋은 그림이겠지만, 질 좋은
    소고기를 생각해 눈 딱 감고 잘 굽는 사람에게 집게를 넘긴다.

OH jong gil

Ψ🍴

친구들아,
감자가 되거나 별이 된

오종길

합정과 상수 사이 책방에서 노동하고,
사이사이 경계의 글을 쓴다.

instagram @choroggil.ohjonggil_meog

『슬픈 감자 200그램』을 읽지 못하고 며칠이 흐른 아침. 우리 집엔 감자가 없다. 두껍게 썬 식빵을 한쪽 굽고 달걀후라이 두 장 곁들여 끼니를 해결하고 보니 감자는 피한들 닭도 빵도 벗어나지 못하는구나, 가방을 메고 카페까지 걸었다.

2층 창가 자리에 앉아 글을 쓰기 시작했다. 며칠째 글감은 맘스터치.

맘스터치에서 아르바이트를 한 적이 있어. 사장은 조리학과를 나와 레스토랑에서 근무한 '쓸모없이 화려한' 내 이력을 못마땅해했고, 적지 않은 나이를 지적했지만, 구구절절 그 끝엔 나를 고용했어. 그렇게 고용된 맘스터치에서 재료를 손질하고 조립했어. 완성된 버거를 포장하고 작은 구멍 너머로 보내면시, 버거 하나가 주방에서 홀 쪽으로 건너갈 때마다 생각했지. 내가 조립

한 버거를 받아 든 이는 부디 이걸 먹는 용도로만 사용
하기를.

버거를 먹는 용도 이외에도 사용할 수 있을까? 버거
로도 때리지 말라는 제목의 책처럼 사람들의 창의력은
상상을 초월하곤 하지….

창으로 드는 볕에 눈이 부셔 자리를 약간 오른쪽으
로 옮겨, 벽과 가까운 작은 그늘에 앉아 생각했다. 잘못
된 채 고정된 인식 또한 폭력이 될 수 있음을.

워드 파일을 내리고 메모장을 올려 다른 글을 습작
하기로 했다. 글감은 닭볶음탕.

닭볶음탕과 닭도리탕의 차이를 도무지 알 수 없던
스물의 나는 대학 동기에게 전화를 걸어 물었어. 사실
도리는 조류의 일본어. 고로 닭도리탕은 틀린 표현이
지*. 하지만 닭볶음탕은 볶음에, 닭도리탕은 자작한 탕
에 가까운 것으로, 둘은 어쩌면 전혀 다른 음식이 되었
고, 나는 그 차이를 모르는 무지한 생명체여야만 했어.
무지를 향한 폭력이 때로 폭행을 동반하기도 하는 건 비
극적이지만….

이 글은 누군가에게 읽힐 법한 소재는 아닌 것 같아 메모장을 내리고 다시 워드 파일을 올려보지만 머릿속에서 떠나질 않는 닭볶음탕.

닭볶음탕을 소재로 새로운 글을 써야겠다. 새 문서를 열었다.

"닭볶음탕을 좋아하는 사람을 사랑한 적이 많아."

"많아?"

"응, 그런데 안타깝게도 닭볶음탕을 좋아하는 사람은 나를 좋아하지 않았고, 우스운 건 내게 닭볶음탕을 해준 사람을 나는 사랑하지 않았어."

"그건 단지 우연이 아닐까?"

"닭볶음탕은 사랑한다 말할 용기가 없는 사람들의 마음을 대신하는 음식이 될 수 있는 건 아닐까?"

닭볶음탕에 든 감자만 건져 먹던 내 모습이 떠올라 쓸쓸한 기분. 쓴웃음이 새어 나오는 걸 보니 닭볶음탕보다는 감자 이야기를 쓰는 게 낫겠다. 다시, 새 문서.

"곡성에서 감자를 캔 적이 있어. 깊은 밤 승합차를 몰고 도착한 곡성에서 감자를 캤지."

"밤에 감자를 캐?"

"아마 하룻밤 자고 일어나서 캤을걸? 그런데 말이야, 내가 캔 감자 중에는 200그램짜리가 하나도 없었어. 200그램의 크기는 어느 정도일까?"

닭볶음탕에 든 감자는 200그램쯤이었을까. 다시 돌아온 닭볶음탕.

닭볶음탕 중의 으뜸은 단연 계곡까지 왔으면 무릇 닭백숙을 먹어야 마땅하다고 생각한 나와는 달리 닭볶음탕을 좋아하던 맞은편에 앉은 이와 먹었던 닭볶음탕. 그럼에도 기억 속 닭볶음탕의 주축은 닭볶음탕과 닭도리탕의 차이를 모르던 무지한 스물의 나, 그리고 처음으로 끓인 닭볶음탕의 감자가 덜 익었다는 그녀의 말 한마디. 돌고 돌아 다시 감자.

아무래도 감자 이야기를 쓰는 게 좋겠다. 감자튀김을 먹는 방식에 관하여.

프렌치프라이를 먼저 먹는 친구와 버거를 먼저 먹는 친구가 마주 앉았다. 프렌치프라이를 먼저 먹는 친구는 2인분을 섞어 1.5인분을 먹었고, 버거를 먼저 먹는 친구는 식은 프렌치프라이 0.5인분을 먹었다. 프렌치프라이를 먼저 먹는 친구는 F 발음을 할 때 윗니로 아랫입술을 살짝 물었고, 버거를 먼저 먹는 친구는 "후렌치후라이"라 읽고 '프렌치후라이'라 썼다.

젠장, 감자튀김은 버거랑 세트로 팔잖아. 결국 다시, 버거, 맘스터치.

조립했을 순서와 정확하게 역순으로 해체된 맘스터치 버거의 재료로 뺨을 맞았어 가장 먼저 내 뺨을 때린 건 버거의 꼭대기에 얹혀 있던 빵 당연하게도 폭력은 이따금 농담을 즐기니까** 그의 말을 따라 빵으로 뺨을 맞은 건 비극적인 희극이 아닐까 헐벗은 나뭇가지에 남은 마지막 잎사귀의 독무(獨舞)와 같은.

옮겨 앉은 구석까지 해가 침범했지만 블라인드를 내릴 생각은 않고 창밖을 보며 떠오른 며칠 전 일화를 곱씹는다.

만남의 장소가 빵집에서 떡볶이집으로 바뀌었다는 얘기의 끝은, 요즘 애들은 맘스터치래요, 였다. 맘스터치요? 네 버거집이요. 알고 있어요. 저 요즘 맘스터치 얘기로 글 쓰고 있었는데.

몸을 틀어 대화를 벗어나 생각했다. 맘스터치를. 버거를. 버거의 가장 높은 곳과 가장 낮은 곳의 빵을.

버거도 빵 아니에요? 네? 버거도 빵으로 만들고, 빵집에서 버거 빵도 팔잖아요. (침묵) 그렇지만 아무래도 빵집이랑 버거집은 다르죠?

다시 몸을 틀고 생각했다. 버거집은 빵으로 만든 버거를 팔고, 빵집은 빵을 팔고, 떡볶이집은 떡볶이를 파는 곳이다. 만남의 장소들은 왜 죄다 쌍자음이 들어가는 음식을 파는 걸까. 무슨 연유로 빵은 뺨과 비슷한 걸까.

이쯤 되니 워드 파일과 메모장이 뒤죽박죽. 내가 쓴 글이 무엇인지 헷갈린다. 누가 뺨이라도 한 대 세게 때려준다면 정신을 차릴 수 있을 것 같은데. 뺨이라니. 우스운 생각이다. 이어 쓴다.

뺨을 세게 맞으면 별이 보인다는 말 들어본 적 있지? 버거로도 뺨을 맞으면 별이 보일까?

비록 내가 버거로 뺨을 맞고 보았던 별이 저 하늘에 빛나는 별은 아니었지만, 그날 내가 본, 나를 보아준 별은 세상에서 가장 밝게 빛나는, 그럼에도 세상의 슬픔을 가득 머금은 눈동자를 갖고 있었다.

네 발을 바닥에 딛고 있는 가장 아름다운 별이었다.

내가 말한 적 있나. 따귀 맞고 별 본 적 있다는. 얘기한 적 없겠지. 오래전 일이야.

내 뺨을 후려갈긴 그녀와 그녀 옆에 앉아 내게 연민의 눈빛을 흘리던 친구놈은 어떻게 지내고 있을까. 밤의 공원에서 그들에게 둘러싸여 세상 가장 깊은 곳까지 고개를 처박고 있던 너와 나. 우리는 이제 밤하늘의 별을 올려다볼 수 있는 나이가 되었을까. 그런 나이라는 게 있다는 말, 참 우습다.

친구 녀석과 나는 함께 어두운 밤하늘을 보곤 했다. 그는 아마도 궁금하지 않았을, 혹은 이미 알았거나 아무리 설명해줘도 모를 지구과학 문제를 들고 찾아와 야간 자율학습 시간마다 나를 복도로 불러냈다. 우리는 복도 신발장 위에 문제집을 올려두고 창 너머 캄캄한 밤하늘을 올려다보았다. 우리가 발견한 별은 아마도 매번 같은 것이었겠지.

돌이 우거진 다락을 산책하던 밤에도 우리가 본 별

은 같은 것이었겠지.

내가 뺨을 맞고 본 별은 친구와 함께 보았던 별과는 다른 것이었고, 친구는 말이 없었어. 그날 밤에 깨달은 사실은, 나는 별을 볼 자격도, 별을 나눌 사람도, 아무것도, 아무것도 없다는 거였어. 그들을 뒤로하고 집으로 걸었지. 걸어도 걸어도 걸어야 했던 길을 걸어 집에 도착했겠지만, 하염없이 길을 걷다 보니 어느덧 삼십 대가 되어 있는 거야. 그래서 뭘 어쩌겠어, 버거로 뺨을 맞는 일이나 힘껏 후려갈겨진 따귀나 모두 십 년쯤 지난 일들이지만 여전히 서울의 어느 동네를 걷고 있는 거지.

쓰던 글을 저장하고 카페를 나서 왔던 길을 도로 걸었다. 어둑해진 도로의 왼편에 맘스터치가 보였지만 버거를 먹고 싶은 마음은 추호도 없어 대로 건너편을 걸었다. 다른 동네로 넘어와 자리 잡은 카페의 일 층에도 맘스터치가 영업 중.

맘스터치도, 버거도, 프렌치프라이나 닭볶음탕도 모두 적합하지 않은 건 아닐까. 창 너머 빠르게 지나는 자동차를 보다 문득, 200그램의 크기를 알 수 있을 것 같앉다. 200그램이라면 그 정도겠지…. 그 시절의 우리, 200그램을 감추려 세상에서 가장 깊은 곳까지 고개를 숙인 너와 나는 어렴풋이 그 크기를 짐작했던 걸까, 무게를 가늠했던 건 아닐까.

200그램짜리 슬픈 감자를 생각하다 감자와 상관없는 감자 이야기를 쓰기로 한다.

감자 모양으로 웅크린 채 바닥과 가까운 고양이의 먹이를 챙기던 H도, 감자 꼴 얼굴의 시인 O도 200그램을 아는 이들인 것 같아 괜히 든든해진다. 버거를 먹지 않았음에도….

편집자였던 H는 디자이너가 되었다. 나는 여전히 H의 어깨를 빌리지 않고 그 대신 집으로 가는 길 아무 곳에나 내려 허공에 기대어본다.

버거가 먹고 싶은 날은 슬프지 않아. 버거는 엠프티. 프렌치프라이 역시 슬프지 않고 버거를 세트로 먹으면 배가 불러와. 비어 있던 위장이 가득 차니까. 그렇다고 허기가 달래지는 건 아냐. 그것들은 비슷하지만 실은 다른 상태이니까.

더는 시를 쓰지 않는다는 시인 O를 만나고 돌아온 밤, 집에 도착해 발을 닦고 바닥에 누웠다. 친구가 현관문을 열고 들어왔다. 친구가 오기로 했던가? 친구가 화장실에 발을 닦으러 간 사이 침대로 기어올랐다. 자연스럽게 내 옷을 꺼내 입은 친구가 곁에 와 앉았지만 우리는 말이 없었다. 침묵을 뚫고 물었다. 무슨 노래 듣고 싶어? 가사 없는 아무거나. 브루크너? (침묵) 친구가 내 손을 잡았다. 아니, 내 손가락을 만지작거리다 말했다. 네 손을 영상으로 담고 싶어.

H에게 생일 축하를 받은 밤에도 얼마 전 생일을 맞은 그가 떠올랐다. 바닥으로 쏟아졌지만 무엇이? 현관문을 보았지만 친구는 오지 않았다. 약속을 하지 않았던가?

밤새 바닥에 쏟아진 그것만 닦다 맞이한 아침까지도 나무의 결을 따라 스민 것은 닦이지 않았다. 아, 우리 집 바닥은 나무 무늬 장판이구나. 원목의 결을 따라 닦아내던 바닥은 오래된 일이구나. 그렇담 무엇이 스몄기에? 아침이 밝은 뒤로도 계속 바닥을 닦았지만 내가 닦고 있는 것은 무엇?

바닥에 벌러덩 누워 창 너머 볕을 생각하며 장판염이

된 기분이었다. 그래, 나는 소금이 되어가는 중이므로 그것은 빛의 영역. 구석에서 말라가는 걸레가 반짝였지만 그건 바다에서 추출한 작은 소금 언덕이 아니었고, 어쩌면 저 하늘에 빛나는 별 하나가 떨어진 건지도 모른다.

버거로 뺨을 맞고 보았던, 세상에서 가장 아름다운 별을 기억해? 더 이상 그 별은 네 발을 바닥에 딛고 있지 않아. 다행이다 감자 모양으로 웅크리지 않아도 되니까. 그 별은 감자 모양이 아니었던 것 같아. 그래도 바다와 가까운 별의 먹이를 챙기기 위해 너나 H, 혹은 누군가가 깊숙이 고개를 처박지 않아도 되는 건 다행이다. 다행일까. 그 별은 이제 저 하늘에 빛나는 별이 되었어. (침묵)
***

H를 만나기 위해 6호선을 타고 동쪽으로 갔을 때 그녀에게 닭볶음탕을 해주고 싶다 말했던 것 같아 그러려면 닭이랑 감자를 사야 하는데… 6호선과 색이 비슷하게 된장을 넣고 끓이면 어떨까 우스운 생각인가 H의 직업이 무언지 몰라 그녀를 부르지 않기로 했어 부르지 않고도 만날 수 있는 건 퍽 우스운 일이기도 해 그렇지만 '만남'과 '만나는' 건 다르기도 한걸.

카페의 마감 시간이 다가와 쓰다 만 글을 저장한 뒤 짐을 챙겨 나오니 맘스터치는 불이 꺼져 있다. 영업 종료.

집까지 이어진 골목이 이렇게 어둡고 무겁고 멀고 조용했던가. 고개를 젖혀 밤하늘을 올려다보아도 괜찮을까. 돌아가는 걸음은 으쌰, 하지 못하고 터덜, 한다.

오늘 밤에도 현관문을 열고 친구가 찾아올까. 그나저나 그 친구는 누구야? 시인 *O*? 바닥으로 쏟아진 *그*? 어쩌면 *H*? 별이 된 별, 혹은 감자? 그도 아니면….

*닭도리탕의 '도리'가 일본어 '토리'에서 왔다는 설은 그 근거가 약하다는 의견이 있다.
**비스와바 쉼보르스카 『충분하다』 중 「경우(Przykład)」 일부
***『같은 향수를 쓰는 사람』 중 「봄이 오지 않아야 봄바람도 아니 불 텐데」에 소개된 강아지 별이는 2010년에 세상을 떠났다.

글에 등장하는 먹거리를 따라가다 알게 된 감자의 행방

감자가 없는 우리 집엔 타르틴 베이커리의 식빵이 늘 통째 준비되어 있는데, 잘리지 않은 식빵을 구매하면 산소와의 접촉을 막아 오래 보관할 수 있을 뿐만 아니라 원하는 두께에 맞춰 잘라 먹을 수 있다는 장점이 있다.

빵칼을 이용해, 보통 잘라 파는 것의 두 배 정도 두께로 자른 식빵을 굽는다. 약불에 올린 팬에 기름을 두르지 않고 조리하면 된다. 곁들일 달걀후라이는 언제나 서니사이드업으로.

카페에서 아메리카노를 마시며 글을 쓴다. 식사를 하지 않았다면 라떼를.

맘스터치의 시그니처인 싸이버거 패티는 닭 다릿살을 사용한다. 냉장 닭 다릿살의 힘줄과 껍질에 칼집을 내면 튀기는 동안 수축하는 것을 방지하고 부드러운 식감을 더할 수 있다. 토마토와 양상추, 양파, 피클, 특제

소스 등을 쌓아 버거를 완성한다.

맘스터치는 특유의 포장법이 있지만 크게 중요한 사실은 아니다. 순서대로 조립된 맘스터치 버거의 재료로 뺨 맞는 일이 더는 벌어지지 않도록 버거란 먹는 용도로 만들어진 음식임을 잊지 않는 게 얼마간 더 중요한 듯싶다.

처음으로 만든 닭볶음탕은 한식조리기능사 자격증의 메뉴로, 간장소스 베이스의 음식이었다. 고추장과 고춧가루를 이용한 붉은 소스의 닭볶음탕이 익숙한 나는 감자나 당근 등의 채소를 가도련해서 닭볶음탕을 만들지만 내게 닭볶음탕을 해준 이들은 그런 걸 신경 쓰는 사람은 아니었다.

감자를 맛있게 먹기 위해 설탕을 찍어 먹는 경우가 있다. 그러나 진정한 감자의 맛을 느끼는 것은 약간의 소금만 있으면 충분하다. 질 좋은 소금이라면 두말할 나위가 없다. 천일염은 바다에서 추출한 소금을 건조하는 방식에 따라 토판염, 장판염 등으로 구분할 수 있는데, 그중 장판염은 말 그대로 장판에서 건조한 소금을 일컫는다.

사실 감자의 주성분은 탄수화물이므로 꼭꼭 씹으면 큰 덩어리인 당질이 단당류 따위의 작은 당으로 잘게 쪼개진다. 설탕 없이도 풍부한 단맛을 느낄 수 있는 것이다.

물에 던진 돌이 가라앉음에는 관심이 없듯, 바닷속을 떠도는 소금이나 땅속에서 자라나는 감자를 기억하는 사람은 극히 드물다. 200그램을 가늠하듯 감자 하나를 소금에 찍어 천천히 씹어 삼킨다. 그러다 보면 실은 우리 집 곳곳에 감자가 자리하고 있음을 깨닫는다.

맺음말

이상명

페이지스의 두 번째 주제는 음식입니다.

음식
1. 사람이 먹을 수 있도록 만든, 밥이나 국 따위의 물건.
2. 사람들이 먹고 마시는 모든 것을 지칭하는 말.

페이지스의 두 번째 주제는 음식입니다.

우리는 보통 특별한 음식과 평범한 음식 사이에서 살아갑니다.

자취 생활이 길어지면서 생긴 가장 큰 변화는 따뜻한 쌀밥에 소박한 몇 가지 찬과 국이 더해진 "엄마밥(집밥)"이 특별한 식사가 되어버린 것이 아닐까 합니다. 종종 삶에서 특별함과 평범함(보통의 존재)은 그 자리를 자연스레 바꾸곤 합니다. 집밥에 익숙해질 때쯤 생각나던 외식의 간절함은 일주일 내내 이어지는 외식과 한 끼를 때우는 행위 속에 특별함을 잃고 만 것이죠.

이렇게 보통의 존재가 어느 순간 삶의 특별함으로 자리매김하기도 합니다.
이 책에 실린 보통의 음식을 담은 보통의 이야기들도 당신의 삶에 특별함이 되었으면 좋겠습니다.

77 page

PAGES 2nd COLLECTION

나를 채운 어떤 것

김종완

김열음

윤태원

박지용

황유미

김후란

원재희

주예슬

이학준

오종길

기획	**이상명**
교정/교열	**다미안** @damian_contigo
일러스트	**이보람** @2lookat
디자인	**김현경** @warmgrayandblue

펴낸곳	**77PAGE**
이메일	**77pagepress@gmail.com**
스마트스토어	**77page.com**
인스타그램	**@gaga77page**

초판 1쇄 발행 **2020년 2월 17일**